프랭키

프랭키
Frankie

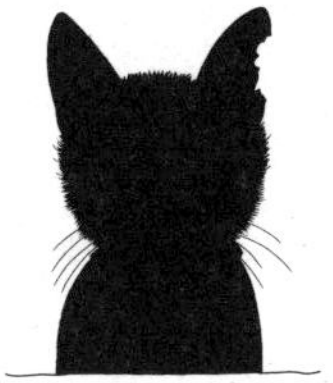

요헨 구치 · 막심 레오 장편소설

전은정 옮김

INFLUENTIAL
인 플 루 엔 셜

차례

"무엇이 삶을 그리 어렵게 만들지?"

"사람들?"

—〈러브 어페어〉

일러두기

• 본문의 주는 모두 옮긴이가 독자의 이해를 돕기 위해 붙인 것입니다.

1
끈

이야기는 앞에서 시작하는 거라고 들었다. 그러니까 처음부터. 하지만 나는 고양이라 앞과 처음을 모른다. 인간에게는 삶이란 자고로 어떻게 해야 한다는 규칙이 아주 많다. 이거 해라, 저거 해라! 정말 그런가? 지루하고 힘들다. 내게는 해당하지 않는다. 그러니 그냥 아무 데서나 시작하겠다. 우연히 앞쪽 또는 처음부터 시작할 수도 있겠지만.

좋은 시절이었다. 그러니까 저녁은 따뜻하고 환하며, 보리수에는 벌들이 윙윙거리고 있었다는 뜻이다. 그런 어느 저녁, 나는 교수에게 잠깐 건너가려던 참이었다. 교수가 누구인지는 나중에 설명하겠다. 일단 지금은 관계없는 이야기니까.

나는 마을을 가로지르는 큰길을 따라 걸어갔다. 풀이 높게 자라는 호수를 지나다 메뚜기 두어 마리를 잡아먹었다. 메뚜기의 좋은 점은? 잡아먹힐 때 투덜거리지 않는다. 새와는 다르다. 새는 매번 요란하게 야단법석을 떤다. "잡아먹지 마! 나는 엄마야! 둥지에 새끼가 열 마리나 있다고!" 새들은 엄청나게 과장이 심하다. 그럴 때면 멍청한 나는 주둥이에 새를 문 채 삼시 양심의 가책을 느낀다.

동네 교회를 지나고, 허물어져가는 새 둥지를 지나, 뚱뚱한 로트바일러 하인츠의 오줌내를 지나, 좋은 것 또는 어느 정도 좋은 것이라고는 하나도 없고 그저 커피 필터와 달걀 껍데기, 감자 껍질과 사과 껍질만 쌓여 있는 쓰레기 더미 두 개를 지났다. 이쯤에서 인간 여러분에게 조언을 하나 하자면, 껍질만 있는 쓰레기 더미는 구두쇠 냄새를 풍긴다.

숲이 바로 시작되고 그 뒤로는 세상의 끝인 높은 모래

언덕도 지났다. 나는 저녁노을 속에서 즐겁고 아주 느긋하게 터덜터덜 걷다가 낡은 나무 울타리를 지나, 버려진 집의 정원에서 걸음을 멈췄다. 시내에 살던 사람들이 매년 여름 이곳에 와서 머물렀는데, 어느 날부터 더는 오지 않아서 다들 여기를 '버려진 집'이라고 부른다.

닫힌 유리창마다 커튼이 드리워지고 겨울에는 바람이 집을 지나면서 울부짖는다. 멍청하고 못된 뚱보 하인츠는 늑대인간 무리가 그 안에 산다고 말한다.

진짜 이야기는 지금부터다! 버려진 집을 내가 거의 다 지나갔을 때, 어떤 남자가 눈에 띄었다. 버려진 집 안에 사람이 있었다! 나는 너무 당황하고 극도로 겁이 나서 곧장 덤불 뒤로 달려갔다. 그리고 거기 앉아 생각했다. '빌어먹을. 프랭키, 이제 어떡하지?'

당장 돌아가서 내가 아는 모두에게 이 대형 사건을 이야기하고 싶었다. 하지만 그랬다면 당연히 온갖 질문이 쏟아졌을 것이다. 프랭키, 그 남자는 어떻게 생겼어? 프랭키, 어떤 냄새를 풍겼지? 프랭키, 그 사람 집에 먹을 건 뭐가 있었어? 프랭키, 늑대인간이 아니라는 거 확실해?

버려진 집이 이제 더는 버려진 집이 아니라면 질문이 많아진다. 누구나 자세히 알고 싶을 테니까. 자세히 알지 못하면 멍청하게 그냥 서 있을 수밖에.

그래서 나는 현명한 수고양이들이 이런 상황에서 취했을 법한 행동을 했다. 덤불 뒤에서 몸을 일으켜 살짝 엿본 것이다.

귀를 기울였다.

엿보았다.

귀를 기울였다.

엿보았다.

한동안 이렇게 계속했다. 아무 일도 일어나지 않았으니 이제 좀 요약해서 말하겠다.

귀를 기울였다.

엿보았다.

계속 그랬다.

그러다가 살그머니 조심스럽게 가까이 다가가, 내 꼬리 몇 개 길이만큼 떨어진 곳에서 커다란 창문으로 안을 들여다보며 자세한 상황을 수집했다.

자세한 상황 1: 정말 어떤 남자가 있었다.

자세한 상황 2: 그는 의자 위에 서 있었다.

자세한 상황 3: 방 천장에서 끈이 하나 내려와 있었다.

자세한 상황 4: 남자는 그 끈을 목에 감고 있었다.

자세한 상황 5(상황 4에 보충하여): 그 끈은 무진장 두툼했다.

정말 그랬나? 그렇게 멋진 끈은 지금껏 본 적이 없었다. 여러분도 알겠지만, 나는 끈을 무척 좋아한다. 나이든 베르코비츠 부인 집에 살 때 우리는 매일같이 끈을 가지고 놀았다. 끈에 인간이 매달려 있던 적은 한 번도 없고 이따금 쥐가 달려 있었는데, 진짜 쥐는 아니고 털실로 만든 것이었다. 인간들은 우리 고양이가 그걸 진짜 쥐라고 믿는다고 생각할지 모르지만, 사실은 그렇지 않다. 우린 바보가 아니니까.

이루 말할 수 없이 아름다운 끈을 보고 있자니 베르코비츠 부인과 그 집에서 살던 내 묘생 최고의 시절이 불현듯 떠올랐다. 그 시절은 너무 짧았다. 어느 날, 늙은 베르코비츠 부인이 정원에 누워 있었고 잠시 후 온통 하얀 옷을 입은 남자 두 명이 와서 지붕에 번쩍이는 전등이 달린 자동차에 부인을 밀어 넣었다. 그 후로 나는 부인을 다시 만나지 못했다.

이런저런 기억이 떠올라 심장이 조금 먹먹해졌다. 나는 그 남자에게 소리치고 싶었다. "어이, 이봐! 거기 끈 가지고 노는 당신! 무진장 멋진 끈이네! 나도 같이 놀아도 될까?"

그럴 수 없었다.

그러니까 상황은 이랬다. 나는 용기를 모두 그러모아 창틱에 뛰어올라서 안을 들여다봤다. 남자는 목에 끈을 건 채 의자 위에 서 있었다. 나를 보더니 깜짝 놀란 것 같았다. 좋은 의미로 놀란 건 아니었고, 그 시선이 불길했다. 입을 잉어처럼 벌리고 나에게 뭔가 말했지만, 그는 유리 저편에, 나는 이편에 있으니 당연히 소리가 들리지 않았다.

나는 눈을 깜박이기 시작했다. 인간 여러분을 위해 여기서 중요한 정보를 하나 더 말해주겠다. 고양이의 눈 깜박임은 미소와 비슷하다. 눈 깜박임은 만사 오케이, 나 기분 좋아, 이런 뜻이다. 그래서 유리창 앞에서 미친 듯이 눈을 깜박였지만, 남자는 뚱보 하인츠만큼이나 멍청한지 아무것도 알아듣지 못했다.

그는 나를 향해 팔을 마구 내저었다. 나는 '어이, 멋지다! 당신을 이해해'라는 의미로 오른쪽 앞발을 들었다. 끈을 가지고 놀면 원래 몸짓이 요란해지는 법이다. 그런데 정말 그런가? 남자의 몸짓은 어딘지 섬뜩했다. 그래서 나는 진정하려고 두 다리 사이를 할짝할짝 핥았다. 너무 신경이 날카로워져서 뭘 해야 할지 몰랐기 때문이다. '프랭키, 이제 어쩌지?'

갑자기 모든 일이 순식간에 벌어졌다. 남자가 끈을 놓더니 의자에서 뛰어 내려왔고, 버려진 집의 문이 벌컥 열렸다. 남자가 고함을 질렀다. 나는 창턱에서 뛰어내렸다. 남자가 뭔가를 잡아 나에게 던졌다. 나는 내달렸지만 너무 놀라서 다리가 후들거렸다. 마치 쥐처럼! 다가오는 어떤 그림자가 보였다. 뭔가가 뒤에서 날아와 내 머리에 부딪쳤다.

그리고 더는 모른다.

처음으로 다시 들린 소리는 속삭이는 바람 소리였다.

자세히 들으려고 했지만 바람이 하는 말을 알아들을 수 없었다. 나는 버려진 집 앞의 풀밭에 누워 있었다. 몸이 너무 나른해서 꼼짝도 하지 않았다. 눈을 거의 뜰 수 없었다. 바람이 속삭이고 또 속삭였는데, 그러다가 어느 순간 나는 그게 바람 소리가 아니라는 사실을 깨달았다. 앞에 서 있는 남자가 나에게 몸을 숙이고 말을 걸고 있었다. 남자는 내가 죽은 쥐 혹은 비슷한 거라도 된다는 듯 발로 툭툭 건드리며 물었다. "괜찮아?" 나는 누가 보기에도 괜찮지 않으니 아주 바보 같은 질문이었다. 아주 나른해서 나는 다시 잠들었다.

다시 깨어났을 때, 나는 처음에 여기가 어디인지 몰랐다. 꺼림칙한 느낌이 들어 조심스럽게 주변을 슬쩍 둘러봤다. 천장에 매달린 멋진 끈이 눈에 들어오자 모든 것이 다시 생각났다. 나는 버려진 집 '안에' 누워 있었다! 여러분이 자세히 알고 싶을까 봐 말하는데, 소파에 누워 있고 몸 아래에 종이가 깔려 있었다. 아마 오래된 신문지나 뭐 그런 것 같았다. 나는 맞은편 안락의자에 앉은 남자를 바라봤다. 그는 작은 전화기를 귀에 대고 흥분한 목소리로 누군가와 통화하는 중이었다. 누구와 하는지는 알 수 없었다. 하지만 무슨 이야기를 하는지는 정확하게 말할 수 있다. 내 이야기였다.

남자가 전화기에 대고 말했다. "여기 죽은 고양이가 있습니다. 잠깐 들러주실 수 있을까요? 네, 정말 죽은 것 같습니다. 하지만 난 수의사가 아니에요. 그래서 전화한 겁니다. 아뇨, 내 고양이가 아닙니다! 이것 보세요. 이 빌어먹을 고양이 주인이 누구인지는 모릅니다. 고양이가 어떻게 생겼냐고요? 그게 왜 중요하지요? 아주 평범한 고양이처럼 생겼습니다! 회색 줄무늬가 있고, 피부병인지 털이 한 군데 빠졌어요. 아니, 왜 죽었는지는 모릅니다! 네, 정원에서 발견했어요. 이것 보세요……. 알겠습니다. 내 주소는…… 아니, 고양이는…….."

"낭수고!" 내가 말했다.

물론 현명하지 못한 행동이었다. 여러분이 앞으로 알게 될 교수는 내게 좀 더 현명하게 행동해야 한다고, 안 그러면 문제가 많이 생길 거라고 곧잘 충고한다.

하지만 나는 화가 많이 났다. 이 남자, 처음에는 나를 거의 때려죽이려 하더니, 이제는 계속 고양이(Katze)라고 부르잖아. 나는 완벽한 수고양이(Kater)인데!*

"뭐라고?" 남자가 물었다.

"난수고양!"

내 인간어가 조금…… '나른'해졌나? 날아온 물건에 맞은 머리도 나른했다. 제대로 말할 수 있을 때까지 몇 번이고 반복해야 했다. "나는 수고양이라고!"

남자는 내가 괴물이라도 된다는 듯 빤히 노려봤다.

내 경험상 고양이가 말을 하면 인간들은 아주 이상하게 반응한다. 늘 그렇다! 그래서 나는 오랫동안 말을 하지 않았다. 마지막으로 말을 한 것은 마을의 어떤 가게 앞에서였다. 어떤 여자 장바구니에서 무언가 떨어져서 내가 말을 걸었다. "여보세요, 마담. 부인의 진공청소기 필터 아닌가요?"

---

* 독일어 Katze는 암고양이를 의미하기도 한다.

그러자 여자는 비명을 지르며 도망갔다. 마을 도로를 계속 내달리면서. 멍청한 바보 같으니라고!

인간어는 무척 단순하다. 내가 처음 말한 단어는 '눈'이었다. 다른 단어들도 금방 따라왔다. 동물 보호소에서는 많은 동물이 인간어를 했다. 늙은 베르코비츠 부인도, 부인의 텔레비전도 인간어를 했다.

예전에 나는 고양이어보다 인간어를 더 잘했다.

지금은 대략 열 가지 언어를 할 줄 안다. 그다지 많지 않다. 교수는 스물일곱 가지 언어를 하는데, 심지어 염소어도 한다. 당연히 염소를 빼고는 거의 아무도 못 하는 언어다. 고양이로서 언어를 하지 못하면 끝장이다. 이유? 종의 다양성 때문이다. 다른 언어를 말하는 동물들을 곳곳에서 만나는데, 모두 잡아먹거나 몸통 한가운데를 찢거나 죽을 때까지 가지고 놀 수는 없지 않은가. 그러지 않으려면 대화를 해야 한다. 상황이 그렇다. 이건 내 생각이 아니다. 예를 들어 숲으로 가면 거대한 올빼미 한 마리가 항상 앉아 있다. 하루 종일 나뭇가지에 앉아 음울한 표정으로 노려본다. 하지만 거대한 올빼미를 만나면 나는 올빼미어로 아주 싹싹하게 말을 건다. "어이, 올빼미. 잘 지내?"

올빼미: "그래야지."

나: "응, 그래야지. 올빼미, 용기를 내!"

올빼미: "그래, 프랭키. 알았어!"

봤지? 하루 종일 그저 나뭇가지에 앉아 있기만 하는 올빼미와도 대화를 아주 잘 나눌 수 있다. 내가 말을 걸자마자 이상하게 행동하는 생명체는 인간뿐이다.

남자는 입을 떡 벌린 채 여전히 나를 빤히 노려봤다. 나는 남자가 지금 엄청나게 두려워한다는 냄새를 맡았다. 보아하니 그는 곰곰이 생각하는 중이었다. 나는 '프랭키, 그냥 주둥이 다물고 있어' 이렇게 생각하고 기다렸다. 이러면 인간들은 분명히 정신이 돌 지경이 된다. 자기가 제정신인지 아닌지 모르기 때문이다. 내가 돌았나? 저 고양이가 '정말로' 말을 했나? 그럴 수가 있을까? 내가 미친 건가?

남자는 나를 한동안 지켜봤다. 아무 일도 벌어지지 않고 나도 아무 말을 하지 않자 그는 안심하여 안락의자에 다시 등을 기대고 주둥이를 닫았다. 그러고는 고개를 젓더니 미소를 지으며 말했다. "아이고, 말도 안 되는 소리."

그래서 내가 말했다. "말이 안 되지 않아!"

그러자 남자는 끝장났다. 정말 완벽하게! 그의 낯빛이 노루 엉덩짝처럼 하얗게 질렸다.

나는 이 상황을 조금 즐겼다. 정말 그랬던가? 조금 이상이었다. 인간이 나에게 존경심을 보이는 편이 나으니까. 안 그러면 나는 안전하지 않다. 인간들은 나를 걷어차거나 물건을 던진다. 남자는 이제 존경심을 보였다.

한없는 존경심을.

시간이 꽤 흐른 후에 남자가 말했다. "너, 말을 해?" 나는 속으로 생각했다. '축하한다. 무척 예리하군.' 그는 아주 크고 천천히 말했다. 늙은 베르코비츠 부인과 언젠가 영화를 본 적이 있는데, 거기서 남자들이 불을 에워싸고 앉아 얼굴에 색칠을 하고 머리에는 타조 깃털을 꽂은 다른 남자들과 이야기를 나누는 장면이 나왔다. 그때도 똑같았다. 그들은 깃털을 꽂은 남자들이 완전히 바보라는 듯이 그런 식으로 말했다.

남자: "나. 리하르트. 골드."

남자는 말하면서 자기 가슴을 두드렸다.

나는 이 상황이 기이하면서도 재미있다고 느꼈다. 그래서 나도 가슴을 두드리며 말했다. "나. 프랭키."

남자: "네 머리. 아파? 아야?"

나: "응. 아야, 아야!"

남자: "안. 됐. 다."

남자는 이제 무슨 말을 해야 할지 모르는 듯했다. 조심스럽게 앞발을 내밀어 내 앞발에 얹더니 밀했다. "무서워. 하지. 마."

싹싹한 사람이네. 이렇게 싹싹하게 구니 드디어 중요한 이야기를 할 수 있겠군.

나: "음식, 음식? 배고파!"

나는 내 배와 입을 가리켰다.

남자: "음식, 음식? 배고파? 내가 가져올게!"

내 생각에는 이게 리하르트 골드라는 남자가 뱉은 이성적인 첫 번째 말이었다.

2
프랭키 보이

여러분이 놀라지 않도록 미리 말해두자면, 나는 리하르트 골드라는 남자를 이제부터 그냥 골드라고 부를 예정이다. 그게 더 짧고 울림도 좋기 때문이다. 이 이야기는 한동안 계속될 텐데, 내 이야기 속에서 누군가가 리하르트라고 불리는 건 싫다. 이렇게 불리는 게 그의 잘못은 아니지만, 어쨌든 그 이름은 쓰레기다.

나는 쓰레기 같은 이름에 대해서 잘 알고 있다. 우리 엄마는 나를 5번이라고 불렀다. 내 형제자매들은 1번, 2번, 3번, 4번, 6번과 8번이었다. 엄마 말에 따르면 7이라는 숫

자는 큰 불행을 불러오므로 7번은 없었다. 그래서 7번은 공식적으로 8번이었고 비공식적으로는 7번이었으며 별명은 78이었다.

나중에 동물 보호소에 살 때 인간들은 하얀 턱 때문에 나를 우유 수염이라고 불렀다. 그러자 존경심은 바로 사라졌다. 모든 동물이 나와 내 이름을 비웃었다. 우유 수염이라니! 다른 동물들의 찌꺼기로 조립한 것 같은 옆 케이지의 난쟁이 페키니즈조차 웃었다.

그러다가 언젠가 아이들이 있는 어떤 집에서 나를 데려가 '헤르베르트'라는 새 이름을 지어줬다. 이따금 '베르트 씨'라고 부르기도 했다. 다들 재미있고 귀여운 이름이라고 말했지만 나는 '왜들 나에게 이리도 잔인할까?'라고 생각했다.

가장 잔인한 건 아이들이었다. 재미로 내 꼬리에 라이터를 대고 나를 공처럼 이리저리 던졌다. "베르트 씨, 날아봐!" 나는 무서워서 한 아이의 얼굴을 발톱으로 긁고, 곧장 다시 한번 긁었다. 아이는 피를 철철 흘렸다. 그 후에 나는 다시 동물 보호소에 가는 신세가 되었다.

그리고 다시 우유 수염으로 불렀다.

이제 평생 우유 수염으로 살겠구나 생각했는데, 어느 날 늙은 베르코비츠 부인이 내 케이지 앞에 섰다. 나를 가만히 보더니 머리를 쓰다듬으며 말했다. "우유 수염? 그게 네 이름이니? 아이고, 빌어먹을!" 부인은 우아한 사람이었지만 사용하는 단어는 우아하지 않을 때가 많았다.

내가 요즘 우아하지 않은 단어를 가끔 사용하는데, 내 잘못이 아니라는 걸 여러분도 알아두길 바란다. 양육상의 실수 때문이다.

늙은 베르코비츠 부인은 나를 데리고 집에 가서 며칠 동안 음악을 들으며 생각에 잠겼다. '프랭키 보이 시나트라'*라는 미국의 어떤 남자가 부르는 노래였다. 그는 아름답게 노래했다. 박새만큼 아름답게 부르지는 못했지만 인간치고는 괜찮았다. 어쨌든 부인이 나에게 말했다. "프랭키. 이 이름 마음에 들어?" 나는 속으로 생각했다. '우와!' 너무 감탄해서 하마터면 쓰러질 뻔했다. 그러고는

---

* 미국의 가수이자 영화배우인 프랭크 시나트라의 여러 별명 중 하나.

온 마을을 뛰어다니며 모두에게 소리쳤다. "나는 프랭키야! 미국 프랭키 보이의 이름을 땄어!"

자, 이제 여러분은 내가 이 멋진 이름을 갖게 된 경위를 알게 됐다. 하지만 이 말을 하려던 게 아니다.

원래는 전혀 다른 이야기를 하려고 했는데, 나는 곧잘 산만해진다. 그래서 스스로 이렇게 말할 때가 많다. "프랭키, 말하다 초점을 잃어선 안 돼!" 하지만 쉬운 일이 아니다. 초점이 뭔지 내가 모르기 때문이기도 하다. 대략은 알지만 자세히는 모른다. 초점을 잃어버리지 말아야 한다는 것만 안다. 자, 어디까지 말했더라?

나는 버려진 집의 소파에 누워, 골드라는 남자가 집 안을 돌아다니는 소리에 귀를 기울였다. 문이 여기저기서 덜컥거렸다. 아마도 사방에 음식을 숨겨둔 모양이군. 음식을 생각하자 미칠 것 같았다. 내 배에 든 거라고는 메뚜기랑 쓰레기통에 걸려 있던 오래된 소시지 꽁다리가 전부였다. 하지만 겁이 나기도 했다. 당연하지 않나. 골드는 모르는 사람이니까. 버려진 집도 낯설었다. 다른 한편으로는 호기심도 무진장 생겨서 소파에서 뛰어내려 주변을 둘러봤다.

다리가 아직 후들거렸는데, 순간 엄청나게 놀랐다. 다른 고양이가 한 마리 더 있었기 때문이다. 나는 꼬리를 낡은 빗자루처럼 부풀리며 하악질을 했는데, 뭔가 조금 이상했다. 그 고양이는 검은색이라는 점만 빼고는 나와 똑같아 보였기 때문이다. 그러다가 깨달았다. 나는 거대한 텔레비전 앞에 서서 빈 화면을 노려보고 있었다.

지금까지 텔레비전을 몇 번 보기는 했지만 여기 이것은 너무나 커서 사방이 끝나지 않았다. 어휴, 빌어먹을!

나는 텔레비전을 좋아한다. 특히 동물까지 등장하면 정말 좋다. 가장 마음에 드는 것은 펭귄들이 눈보라 속에서 얼음구멍 앞에 선 채 물고기를 계속 기다리는 동물영화다. 이런 펭귄을 도무지 이해할 수 없지만, 언젠가 그들 중 한 마리와 함께 펭귄의 삶에 대해 대화를 나눠보고 싶다.

인간이 등장하는 영화는 지루하다. 텔레비전에서 인간들은 거의 언제나 똑같은 짓을 하기 때문이다. 다른 인간을 슬쩍 헤치운다. 죽인 인간을 먹지도 않으면서 도대체 왜들 그러는지 모르겠다.

밤마다 소파에 누워 앞발에 리모컨을 들고 있다고 상상하니 죽을 것 같았다. 좋아서 죽을 것 같다는 뜻이다.

나는 집을 계속 돌아다녔는데, 책이 끝없이 보였다. 책이 꽂힌 책장이 사방에 있었다. 내 생각을 묻는다면 책 읽기는 말도 안 되는 허튼 짓거리다. 한번 들여다봤더니 글씨만 가득하고 다른 건 아무것도 없어서 미친 듯이 하품이 나왔다. 그래도 이렇게 멋진 집은 처음 봤다. 넓은 창턱이 있는 창문은 눕기와 염탐하기와 잠자기를 즐기는 고양이에게 딱 맞게 만든 것 같았다. 그렇게 코를 킁킁거리며 돌아다니다 보니 냄새가 독특했다. 혹시 여러분이 썩은 쥐나 뚱보 하인츠의 오줌을 떠올린다면 그건 아니다. 어딘지 모르게…… 슬픈 냄새였다. 더는 아무도 살지 않는, 오래된 여우굴이 풍기는 냄새. 아무도 살지 않는 낡은 여우굴을 여러분이 들여다본 적이 있는지 모르겠다. 분위기도 좋지 않다. 모든 것이 과거 냄새와 작별 냄새, 그리고 이제 다시는 돌아올 수 없는 여우들의 행복했던 나날 냄새를 풍긴다.

여기도 아주 비슷했다.

나는 계단을 올라갔다. 이번에도 방과 책들이 나타났다. 하지만 커다란 침대도 있어서 얼른 뛰어들었다. 저절로 그렇게 됐다. 극도로 부드러운 침대보를 미친 듯이 마구 밟고 다니다가 가릉가릉 골골송을 부르기 시작했다. 이번에도 저절로 그렇게 됐다.

마지막으로 침대에 누워본 게 언제였는지 기억나지 않는다. 하지만 내가 어디에 사는지는 여러분에게 이야기할 수 있다. 마을 뒤쪽, 큰길이 끝나는 지점에 울타리로 에워싸인 낮은 언덕이 있다. 사람들이 더는 필요하지 않은 것을 던지는 언덕이다. 차바퀴, 의자, 라디오, 낡은 양말 등등. 인간의 삶에 얼마나 많은 물건이 필요한지 여러분은 짐작조차 하지 못할 것이다! 인간은 물건에 미쳐서 집을 온통 그걸로 채운다. 그러다가 집이 너무 가득 차면 조금 오래된 것을 던져버리고 새것을 들인다. 여러분이 나중에 만나게 될 교수는 그게 다 '문명' 때문이라고 한다. 인간은 '문명화'되었고 우리 동물은 아니란다. 문명화되면 타인에게 깊은 인상을 주기 위해, 그리고 자신이 얼마나 문명화됐는지 보여주기 위해 엄청나게 많은 물건이 필요하다고 한다. 사실 이런 행위는 다들 가슴을 두드리며 잘난 척하는 고릴라 무리와 다를 바 없다. 어쨌든 나는 지극히 문명화된 인간들이 이렇게 아름다운 언덕을 만들어주어서 한없이 기쁘다. 나는 목에 두른 작은 수건 말고는 평생 소유물을 가져보지 않았다. 늙은 베르코비츠 부인이 선물해준 수건인데, 부인을 기억하려고 이걸 늘 두르고 다닌다.

아, 내가 어디 사는지 설명하려던 참이었지. 인간들의 온갖 물건이 쌓여 있는 언덕 꼭대기에 녹슨 욕조가 커다란 돌에 걸려 다리를 하늘로 향하고 누워 있다. 나는 그 욕조 안에, 아니 더 정확하게는 그 아래에 산다.

언덕 꼭대기에 살면 전망이 좋다는 장점이 있다. 위쪽은 공기도 엄청나게 좋다. 하지만 단점도 자주 발생한다. 밤에 살금살금 다가와 나를 무진장 떨게 만드는, 주둥이가 뾰족한 너구리들 때문이다.

겨울이면 나는 욕조 구석 가장자리의 얼음처럼 딱딱한 바닥에 쪼그리고 앉아 머리를 앞발에 얹고 꼬리를 몸에 착 붙여서 감고 있다. 바짝 마른 엉덩짝을 추위에 덜덜 떨면서, 아래쪽 마을의 연기 나는 집들을 꿈꾸곤 한다. 그러니 지금 침대에 누워 있다는 사실을 믿을 수가 없는 것이다.

나는 생각에 잠겼다. 골드는 틀림없이 바보다. 하지만 그다지 위험하지 않은 바보 같다. 게다가 그는 양심의 가책을 느낀다. 게다가 아주 멋진 끈을 가지고 있다. 게다가 먹을 게 많다. 게다가 세상에서 가장 큰 텔레비전도 있다. 게다가 엄청나게 폭신한 침대도 있다. 게다가 이 모든 것이 한 집에 있다.

자, 이제 '게다가'를 모두 더한 다음 여러분의 현명한 머리로 결론을 내보라.

그렇다. 이건 대박이다!

으음, 어쨌든 나는 골드가 돌아오기 전까지는 그렇게 생각했다.

"어디 있어?"

"위에." 내가 대답했다.

"아…… 나…… 음식…… 유리병……."

도무지 알아들을 수가 없어서 재빨리 뛰어 내려갔다. 골드는 부엌에 있었다.

"나 찾았다. 사방. 하지만……"

내 인내심이 드디어 바닥났다.

"됐어. 이제 그만. 나를 그냥 인간이라고 생각하고 말하라고! 뭐 먹을 거 있어?"

골드가 나를 빤히 보다가 주둥이 주위가 다시 살짝 하얗게 변했지만 이렇게 대답했다. "여기 이것만 찾아냈어." 그러고는 병 두 개와 캔 하나를 식탁에 내려놓았다.

병 두 개와 캔 하나는 완전 쓰레기였다. 병에는 두툼한 초록색 손가락이 담겨 있었는데, 골드는 그걸 '오이 피클'이라고 불렀다. 캔에는 한가운데에 구멍이 뚫린 노란 고리가 들어 있었다.

"파인애플이야." 골드가 노란 고리 하나를 나에게 내밀며 말했다. "이건…… 으음…… 단맛이고 남쪽에서 온 이국적인 과일이야. 라틴아메리카나 아프리카에서 와. 파

32

인애플은 나무가 아니라 덤불에서 자라."

그러자 번뜩 떠오르는 생각이 하나 있었다. 골드가 우습게 말한다는 사실이었다. 백조랑 비슷했다. 백조들은 아무도 관심 없는 수다를 한없이 떤다. 호수에 앉아 있는 백조에게 가서 "어이, 백조. 어떻게 지내?" 하고 물으면 백조는 분명 이렇게 대답할 것이다. "흐음, 지내지 않아. 헤엄치는 중이야. 프랭키 씨, 어쨌든 물어봐줘서 고마워! 오늘은 헤엄치기 좋네. 물이 부드럽고 따뜻하기까지 해. 하기야 호수 가운데에는 약간 물결이 있고 아래쪽에서 찬 기운이 올라오긴 하지만. 내 아내는 늘……." 어쩌고저쩌고, 어쩌고저쩌고. 주저리주저리, 주저리주저리. 그래서 아무도 백조와는 말하려 하지 않는다. 잘난 척하는 놈들이라서.

"고기 있어?" 내가 물었다.

골드는 고개를 저었다.

"아니면 소시지는? 최소한 치즈 한 조각이라도? 나는 에멘탈 치즈가 좋아."

그가 또 고개를 서었다.

"커드 치즈는? 생크림도 없어? 없다고? 혹시 우유는?"

"먹을 게 없어! 미안해. 있다면 뭐든 줄 텐데. 난 집을 오랫동안 비웠어. 린다가 1년 전에…… 으음. 장을 안 봤지. 으음, 왜냐하면…… 볼 필요가 없잖아?" 그러고는 끈을 가리켰다. 뭐라고? 나는 남자가 무슨 말을 하는지 알아듣지 못했다. 먹을 게 없다는 말만 빼고는. 초록 손가락과 구멍 뚫린 고리 말고는 없었다.

그래서 구멍 뚫린 고리 하나를 먹었는데, 달았다. 쥐의 귀 뒤쪽처럼 아주 달았지만 맛은 안 좋았다. 그래도 쥐의 귀라고 상상하니 괜찮았다.

내가 다 먹고 나자 골드가 문을 열고 말했다. "자, 이제 가고 싶을 거야. 드디어 집으로……."

나는 문을 못 본 척했다. 그러고는 골드를 지나쳐 거실로 가서 다시 소파에 뛰어올라 몸을 쭉 뻗으며 말했다. "케이블 채널 나와? 동물 영화 좋아해?"

안타깝게도 케이블 채널은 나오지 않았다.

"거대한 텔레비전이 있는데, 케이블이 안 나온다고?"

"해지했어." 골드가 대답했다. 그는 잠시 망설이며 부엌에 그대로 서 있다가 병을 든 채 거실로 들어와 맞은편 안락의자에 앉았다. 그래서 우린 마주 보고 있게 됐다.

골드는 아무 말도 하지 않았다. 끈을 빤히 노려보며, 뭔가 곰곰이 생각할 게 있다는 듯 이마를 꾹꾹 눌렀다. 나도 말없이 가만히 있었다. 무슨 말을 해야 할지, 또는 어떻게 말해야 할지 몰랐으니까.

인간어로 어떻게 대화를 나눠야 하는지 몰랐다. 지금까지 인간들이 이야기할 때면 나는 그저 듣기만 했다. 게다가 나는 한없이 긴 대화를 시작하기 전에 서로 냄새 맡는 것에 익숙하다. 이건 문화적인 일이다. 예를 들어 내가 개 또는 다른 수고양이를 만났는데 그들이 공격적이지 않거나 지독하게 비루먹고 이가 들끓는 털의 소유자라면, 우리는 서로 냄새를 맡는다. 처음에는 조심스럽게, 나중에는 코를 사방에 박고 킁킁거린다. 문자 그대로 사방에 코를 박는다.

이렇게 하면 아주 많은 정보를 알 수 있다. 나이, 사는 곳, 성격적인 결함 등등. 여러분이 곧 알게 될 내 친구 교수도 마찬가지였다. 만났을 때 코를 앞에, 뒤에, 기타 등등에 박아 넣었다. 코를 다시 꺼냈을 때 우리는 당연히 친구가 됐다!

하지만 인간은 다르다. 어쨌든 나는 인간들이 코를 어딘가에 박는 모습을 지금껏 보지 못했다. 그래서 인간들과 대화 나누기는 아주 복잡하다. 내 생각에는 그렇다.

골드는 여전히 말이 없었다. 계속 병을 들어 뭔가 마시기만 했다. 물처럼 보이지만 물 냄새는 아니었다. 바깥은 어두워졌고 방 전체에 침묵이 가득 찼는데, 길게 보면 이런 분위기는 문제가 될 것 같았다. 무엇보다도 우린 이제 함께 살게 됐으니까. 나는 그의 무릎에 뛰어올라 내 엉덩이 냄새를 맡으라고 그의 얼굴에 들이밀까 잠깐 고민했다. 그러니까 대화를 나누자는 제안으로. 그러다가 갑자기 어떤 말을 했는데, 내 주둥이에서 그냥 튀어나온 말이었다.

"플리퍼 알아?"

골드가 나를 빤히 봤다. 흡사 내가 그의 양탄자에 똥이라도 싼 듯한 눈빛이었다.

"뭐라고?"

"플리퍼 말이야. 인간을 돕는 엄청나게 똑똑한 돌고래. 텔레비전에 나오는데 난 그걸 즐겨 봐. 하지만 믿지는 않아."

"뭐? 뭘 믿지 않아?"

"아, 돌고래가 그렇게 똑똑하다고는 믿지 않는다고. 난 여기 호수에 사는 잉어를 알고 있어. 잉어도 물고기잖아. 그러니까 작은 돌고래나 마찬가지야. 그런데 별로 똑똑하지 않더라고. 전혀. 혹시 똑똑한 잉어를 알고 있어? 아니면 돌고래를?"

이건 정말 훌륭한 대화 주제였다. 의심의 여지가 없었다. "돌고래는 잉어와 달리 물고기가 아니야. 포유류지. 고래처럼 말이야." 골드가 대답했다.

그러고는 다시 오랫동안 말없이 그저 병의 액체를 마셨다. 계속 목이 마른 듯했다. 내가 막 '어휴, 이 남자와는 도저히 안 되겠네'라고 생각하는데 골드가 불쑥 입을 열었다. "너, 래시 알아?"

나: "어, 당연하지!"

골드: "〈달려라 래시〉! 그래, 난 어릴 때 래시와 똑같은 개를 갖고 싶었어. 콜리 말야! 정말 아름답지! 나는 래시

에 완전히 미쳐 있었어."

이제 대화가 제대로 시작됐다. 이야기는 플리퍼와 래시를 거쳐 서부극에 등장하는 말 퓨리에 이르렀다. 그 후로 경찰견 렉스, 개구리 커밋, 킹콩, 밤비, 미스터 에드, 가필드, 일반적인 펭귄, 그리고 꿀벌 마야는 왜 그렇게 성가신지에 관한 대화가 이어졌다.

"벌은 다들 그렇게 잘난 척해?" 골드의 질문에 내가 대답했다.

"대부분 그렇지."

골드는 유명한 동물에 대한 흥미로운 이야기를 많이 알고 있었다. 흥미롭지 않은 이야기도. '문학작품에 등장하는 동물'이라면서 나더러 '모비 딕'이나 '수고양이 묵스'*, '루'인지 '후'인지 '푸'인지 하는 멍청한 곰을 아는지 물었다. 골드의 말을 내가 점점 더 알아들을 수 없다는 점도 문제였다. 병이 텅 비었고, 골드는 뭉쳐놓은 새 모이를 주둥이에 문 것처럼 말했다. 그러다가 안락의자에서 힘겹

---

* 독일 언론인이자 작가 한네 쿨레사(Hanne Kulessa)의 1991년 작품 《검은 딱총나무 아래에*Unterm Schwarzen Holunder*》에 등장하는 고양이.

게 몸을 앞으로 숙였는데, 머리가 흔들리고 병에서 풍기던 냄새가 났다.

"프랭키. 꼭 묻고 싶은 게 있어. 솔직하게 대답해줘! 내가 미쳤나? 솔직하게 말해!"

나: "아니. 으음, 내 생각에는 아니야."

골드: "이게 바로 증거야! 누군가 고양이에게 자기가 돌았는지 물어보고 고양이의 대답을 듣는다면, 그 사람은 돈 거지! 이게 증거라고!"

그런 다음 골드는 아무 말도 하지 않았다. 그저 안락의자에 구슬프게 늘어져 있었다. 그러다가 눈을 감더니 한 무리의 늑대처럼 코를 골았다. 그래도 어쨌든 좋은 대화를 나누긴 했다.

나는 살금살금 계단을 올라가 무진장 푹신한 침대가 있는 방으로 가서 침대에 누웠다. 하지만 너무 흥분한 상태라서 창턱에 뛰어올라, 나의 낡은 욕조가 있는 작은 언덕을 환하게 비추는 달을 올려다보며 생각에 잠겼다. '프랭키, 이 정신 나간 놈.' 아무도 내 말을 믿지 못할 터였다. 나 스스로도 믿을 수 없었으니까.

3
배려 같은 것

날이 밝아올 무렵, 나는 초조해졌다. 골드는 여전히 아래층 안락의자에서 자고 있었다. 나는 그의 무릎에 뛰어올라 말했다. "어이, 일어나!" 골드는 반응하지 않았다. 나는 앞발로 그의 코를 눌렀다. 인간의 코는 털이 없는 맨살이라서 누르면 재미있다. 뚱뚱한 민달팽이랑 약간 비슷하다. 골드가 흠칫 놀라 벌떡 일어났다. 그러더니 나를 빤히 노려보다가 말했다. "아, 빌어먹을. 너 정말 존재하는구나. 꿈이 아니었어."

"나 오줌 눠야 해. 그러니까……."

나는 앞발로 닫힌 현관문을 가리켰다.

"지······ 지금 몇 시야?"

"몰라. 나는 수고양이라고. 시계가 없어." 골드는 어둠 속에서 반딧불이처럼 반짝이는 작은 전화를 들여다봤다.

"4시 반······."

"그래서 뭐?"

"일러. 너무 이른 시각이야."

"나 오줌 눠야 해."

"참아. 오줌은 7시부터야. 이 집의 규칙이라고. 내 집이니 내 규칙을 지켜."

그리고 골드는 눈을 감았다.

나는 앞발로 그의 코를 다시 눌렀다.

"7시!" 골드가 말하고 옆으로 돌아누웠다.

나는 주둥이를 쥐구멍에 대듯 그의 귀에 바짝 대고 말했다. "나. 오줌. 눠야. 해."

"꺼져!"

나는 절망하여 몇 번 야옹거렸지만 골드는 꿈쩍도 하지 않았다. 그래서 나는 안락의자에서 뛰어 내려와 소파를 긁었다.

"뭐 하는 거야? 당장 그만둬!" 골드가 소리쳤다.

"난 이 상황이 전부 마음에 안 들어. 지금 그걸 표현하는 중이라고."

"내 소파를 망가뜨려서 표현한다고?"

"나 오줌 눠야 해."

"난 자야 해! 지금은 한밤중이고, 나는 몸이 안 좋아. 정말로 좋지 않다고. 나를 조금 배려해줄 수 있겠지? 고맙다."

"'배려'가 뭐야?"

"지금 나 엿 먹이는 거지. 안 그래?"

"엿 먹인다고?"

"아, 놀린다고. 조롱한다? 우롱한다? 뭐가 됐든. 그런데 배려가 뭔지 알고 싶다고?"

"아니. 오줌 누고 싶다고."

"어휴, 정말 짜증 나게 하네! 배려란 타인의 요구에 귀를 기울이는 거야."

"흐음. 좋은 말이네. 나 오줌 눠야 해!"

"타인의 요구라고! 자기 자신의 요구가 아니라."

"알아들었어."

"정말?"

"아니."

"잘 들어. 이제 내가 일어나서 문을 열고 너를 배려해 줄 거야. 그러니까 넌 다시 들어온 후 입을 다물고 나를 그냥 자게 내버려둬. 나를 배려하라고."

내가 대답했다. "좋아. 알아들었어."

하지만 당연히 좋지 않았다. 나는 황폐해진 꽃밭에 오줌을 누면서 동물들이 내는 소리에 귀를 기울이다가 하늘을 쳐다보며 생각했다. 배려라니. 미친 소리야! 지금 내 머리 위로 굶주린 독수리가 빙빙 돌고 있다면 그는 이렇게 말하지 않을 테니까. "너를 잡아먹을 거야! 하지만 프랭키, 일단 편하게 일을 봐."

나: "우와, 고마워. 독수리야."

독수리: "프랭키, 별말을 다하네. 내가 배려해야지."

인간들은 아무것도 모를 때가 많다. 하지만 여러분이

어떤 인간과 함께 살게 된다면 한 가지는 중요하다. 선을 정해야 한다는 것! 누가 대장인지 보여줘야 한다. 안 그러면 그들은 여러분을 가지고 놀면서 만사를 자기가 정하려고 할 것이다. 배려도 마찬가지다. 얼마 지나지 않아 모든 것에 허락을 구해야 하고, 그들이 원할 때만 오줌을 누거나 잠을 잘 수 있게 된다. 또 최악의 상황에는 쓸데없이 요란한 배려 때문에 뚱뚱한 하인츠처럼 될 수도 있다.

뚱보 하인츠는 버려진 집에서 가까운 큰길가에 산다. 똑똑한 개는 아니지만 그게 하인츠 탓은 아니다. 주인이 드넓은 정원에서 던지는 나무토막을 매일 뒤쫓아 다니는 그의 모습을 보면 안타까울 때가 많다. 늘 똑같은 모습이다. 인간이 집 앞 나무 벤치에 앉아 짧은 다리를 뻗치고 담배를 피운다. 남자 이름은 카우프만이고 그 역시 뚱뚱하다. 뚱보 하인츠보다 더 뚱뚱하다. 카우프만 씨가 나무토막을 던질 때면 온몸이 흔들린다. 여러분이 상상할 수 있도록 묘사하자면, 뚱보 하인츠는 나무토막을 쫓아 전속력으로 달리고, 그것을 물어 카우프만 씨 발 앞에 내려놓는다. 그러면 모든 게 처음부터 다시 시작된다.

던지기.

달리기.

던지기.

달리기.

끝없이.

얼마 지나지 않아 뚱보 하인츠의 목쉰 그르렁거림이 마을 절반쯤에 울려 퍼지고, 다들 '아니, 하인츠가 이제 죽나?'라고 생각한다. 카우프만 씨만 빼고는. 그가 소리친다. "자, 요 녀석. 마음에 들지, 안 그래? 마음에 들어!"

나는 언젠가 뚱보 하인츠에게 그 일이 마음에 드는지 물어봤다.

나: "하인츠, 나무토막을 왜 쫓아다녀? 허튼짓이잖아. 미친 녀석처럼 이리저리 뛰어다니고 말이야."

하인츠: "어이, 나도 알아. 하지만 어쩔 수 없어."

"어쩔 수 없다고?"

"그래."

"그 이야기 좀 해볼래?"

"인간을 위해서 그렇게 하는 거야. 그가 좋아하는 것 같아서 말이야. 그리고 내 인간은 나를 위해 그렇게 하지. 내가 좋아한다고 생각하니까."

"알았어. 악순환이구나."

"그렇지."

나는 그저 주인에게 진실을 말하지 못해 낡은 나무토막을 따라 달리는 세상 곳곳의 개들을 상상했다. 또는 잘난 척하는 골드의 말에 따르면 배려하느라 그러는 개들을. 그러므로 배려는 무엇에도 도움이 되지 않는다. 어쨌든 우리 동물들에게는 아니다. 이게 사실이다.

나는 집으로 슬쩍 들어갔다. 골드는 자리를 옮겼다. 이제 담요를 둘둘 감고 소파에 누워 자고 있었다. 나는 앞발로 그의 코를 누르며 말했다. "어이, 일어나! 배고파!"

그를 배려해서 세 번만 눌렀다.

하지만 문제는 먹을 게 없다는 거였다. 골드가 이 문제에 전혀 관심이 없다는 것도 문제였다. 그는 그냥 누워만 있었다. 처음에는 소파에서 자다가 나중에는 허공만 빤히 노려봤다. 무척 기이했다. 내가 아는 한 인간들은 언제나 무언가를 한다. 무엇보다도 일을 한다. 일하고 또 일해서 결국은 숲을 쓰러뜨리거나 집을 짓거나 모래더미 세 개를 삽질하여 왼쪽에서 오른쪽으로 옮기거나 어딘가에 구멍을 뚫는다. 이렇게 인간이 일을 많이 하니 인간이 아닌 생명체는 모두 골치가 아프다. 불안을 불러오고 평화를 깨니까. 하지만 지금 나는 골드가 뭔가 일을 하면 기쁠 것 같았다. 누워서 손가락도 까닥하지 않는 그를 보고 있자니 섬뜩했다.

그래서 계속 말했다. "나 배고파!" 이번에는 귀엽게 그를 쳐다봤는데, 인간들에게 늘 통하는 표정이다. '귀엽게 보기'는 이렇게 한다. 고개를 갸우뚱하게 기울이고, 입을 삐죽 내밀고, 귀를 아래로 살짝 꺾고, 눈을 크게 뜬다. 그리고 이게 가장 중요한데, 눈빛에 사랑과 기쁨, 고통과 요구 등등 모든 것을 담는다. 그러고는 잘 섞어야 한다. 고통이 너무 많으면 인간이 '아이고, 귀여워!'라고 생각하지 않고 '어이쿠, 소화가 안 되나 보다'라고 짐작하기 때문에 안 좋다.

'귀엽게 보기'를 해봤지만 골드는 아무 반응이 없었다.

"쥐를 잡아." 이렇게만 말했다.

나는 무진장 불안해졌다. 뭔가 이상했다.

"배고프지 않아?" 내가 물었다. "당신도 뭔가 먹고 싶을 거잖아. 아니야?"

"이제 더는 필요 없어." 골드가 대답했다. "관심 없다고. 만사가 귀찮아."

그 말은 늘어져 누워 있거나 빤히 앞만 노려보는 것보다 더욱 섬뜩했다. 나는 이상한 사람들을 포함해 많은 사람을 알고, 올빼미와 백조, 개, 애꾸눈 닥스훈트, 딸꾹질하는 까치, 훈족의 왕 아틸라라는 양도 알고 있다. 하지만 음식이 더는 필요 없다고, '만사가 귀찮다'고 말하는 생명체는 정말로 없다. 하루 종일 똥만 굴리는 쇠똥구리도 만사에 관심이 없지는 않다. 적어도 똥에는 언제나 관심이 있으니까.

나는 창턱에 뛰어올라 의기소침한 심정으로 정원을 내다보며 궁리하기 시작했다. 골드가 지금 만사를 귀찮아한다면 논리적으로 나에게도 관심이 없다는 뜻이었다.

버려진 집에 산다는, 대박 어쩌고 하는 내 아름다운 계획은 무산될 터였다. 그게 문제였다.

그때 불현듯 어떤 일이 벌어졌다. 이야기나 삶에서는 불쑥 어떤 일이 벌어지곤 한다.

흰색 소형 자동차가 큰길을 따라 올라와서 버려진 집 바로 앞에 서는 모습이 창문으로 보였다. 어떤 여자가 내렸다. 가방을 든 여자였다. 그 사람이 초인종을 눌렀다.

"손님 왔어." 내 말에 골드가 대꾸했다.

"빌어먹을."

4

작은 코트

가방을 든 여자가 초인종을 두 번 더 눌렀고, 아무런
반응이 없자 정원 문을 열고 뜰을 가로질러 집으로 다가
왔다. 모든 상황을 지켜보던 골드는 소파에서 벌떡 일어
나 문 쪽으로 갔다. 하지만 곧장 다시 뒤돌아 달려와서는
의자에 올라가 천장에 여전히 매달려 있는 끈을 다급하
게 걷어냈다. 끈을 어떻게 할지 잠깐 생각하다가 소파 뒤
로 던지고 다시 현관문으로 달려갔다. 나는 살금살금 조
심스럽게 그 뒤를 따라가 부엌 구석에 몸을 숨기고 슬쩍
내다봤다.

골드는 현관문을 열고 여자와 이야기했다. 여자의 목소리는 젊었다. 어쨌든 골드보다는 젊었다. 하지만 여자의 생김새는 나에게 물어보지 마시길. 모른다! 혹시 여러분이 내내 궁금해했는지 모르지만, 골드가 어떻게 생겼는지도 자세히 말해줄 수 없다.

미안하다. 인간들이 쓰는 책에는 인간 생김새가 자세히 묘사된다고 들었다. 또는 나무가, 또는 하늘 색깔이. 출판사 사람들이 그렇게 말했다. 책을 읽는 독자는 머릿속에서 장면을 상상하기 좋아한다는 것이다. 그러고는 예를 들려고 어떤 유명 작가의—이름은 잊어버렸다—책 일부를 낭독했다. 작가는 어떤 사람이 발을 긁고, 녹슨 수도꼭지에서 물을 마시고, 다시 발을 긁는 모습과 발에 털이 얼마나 많은지를 여러 페이지에 걸쳐 한없이 길게 묘사했다. 참 인상적이었다.

하지만 나는 수고양이고, 나에게 모든 인간은 똑같아 보인다. 중간에 달걀 모양의 몸체가 있고, 거기 발이 붙은 긴 다리가 네 개 달려 있고, 아주 큰 머리가 매달려 있다. 인간 묘사는 이걸로 끝이다. 털은? 없다. 몇 올 있긴 한데, 도무지 이해할 수 없는 자리에 붙어 있다. 누가 인간을 만들었는지 몰라도 별로 힘들이지 않은 것은 분명하다. 이게 사실이다.

이제 슬슬 본론을 말해야겠다. 나는 인간을 냄새와 목소리로 구별한다. 가방을 든 여자는 꽃과 풀 향기와 우유 냄새를 풍겼다. 골드에게서는 먼지와 젖은 잎사귀와 병에 든, 물이 아닌 액체 냄새가 났다. 골드의 목소리는 뒤영벌 떼처럼 웅웅, 붕붕거렸다. 여자의 목소리는 참새처럼 짹짹거렸지만, 더 밝으면서도 단단해서 들판에 사는 참새에 가까웠다. 이렇게 짹짹거리는 소리로 가방을 든 여자가 골드에게 말했다. "전화하셨죠. 죽은 고양이 때문에요."

"아…… 예!" 골드가 대답했다. "동물병원에서 오셨군요. 당신은?"

"안나 코마로바, 수의사입니다. 그 동물이 여기 정원에 있나요?"

"아니요. 그러니까…… 이제 괜찮습니다. 그 일은 어차피 해결된 것 같아요."

"해결됐다고요?"

"내가 착각했습니다. 그…… 수고양이는 살아 있어요. 죄송합니다. 미리 연락을 드렸어야 했는데."

"그러니까 그 고양이가 원래 죽었다가 지금은 부활했다고요? 예수처럼?" 안나 코마로바라는 여자가 웃음을 터뜨렸다.

"이것 보세요. 괜히 오시게 해서 죄송합니다만……." 골드의 목소리에 짜증이 섞여 있었다. 그것도 아주 많이.

"어딘가에 그 고양이 흔적이 남아 있나요?"

"흔적?"

"다시 한번 보셨어요? 혹시 다쳐서 여기 덤불 어딘가에 쓰러져 있는지도 모르잖아요."

안나 코마로바가 눈길로 정원을 훑으며 말했다.

"아니, 아니요. 없습니다. 안심하고 다시 가셔도 돼요. 내 말을 믿으셔도 됩니다. 그 수고양이는 잘 있어요."

"확실한가요? 그리고 암고양이가 아니라 수고양이라는 건 어떻게 아시죠? 살펴보셨나요?"

"뭐라고요? 아닙니다! 그 수고양이가 나에게 말했…….

아니, 그러니까 내가 나에게 말했다고요. 밖에 누워 있는 모습을 보고서 분명히 수고양이라고 나 자신에게 말했지요. 지극히 평범한 일입니다."

안나 코마로바는 정신 나간 사람 보듯 골드를 쳐다봤다. "내가 제대로 이해했는지 요약해보죠. 여기 정원에, 말하자면 고양이 비슷하게 생긴 동물이 누워 있었어요. 당신은 그 동물을 보고서 '아, 저건 틀림없이 수고양이야. 그리고 죽었고.' 이렇게 혼잣말을 하고는 우리 동물병원에 전화했어요. 하지만 죽었던 수고양이는 사실 죽지 않았고 그냥…… 사라졌다는 거죠. 그래서 살았다고 믿는 거고요. 하지만 직접 보지는 않았어요. 다시 확인한 것도 아닌데 다치지 않았다고 확신하고, 그래서 정원을 둘러보지도 않았어요. 고양이를 발견한 평범한 사람이라면 누구라도 한번 둘러봤을 텐데도 말이에요. 특히 죽었다가 갑자기 사라진 경우에는 틀림없이 살펴볼 텐데요. 이 말이 어떻게 들리는지 아시나요?"

골드가 고개를 끄덕이며 말했다. "오케이." 그러고는 다시 한번 말했다. "오케이." 말을 하면서 그는 안나 코마로

54

바의 머리를 금세라도 쥐어뜯을 것처럼 노려봤다. 하지만 안나도 똑같이 그를 쏘아봤다. 아침 여명에 숲속 빈터에 서서, 서로 돌진하기 전에 사납게 노려보는 발정한 두 마리 사슴 같았다.

"대충 이해해줄 생각은 없으시군요. 그렇죠?" 골드가 물었다.

"이렇게 말도 안 되는 이야기를 이해할 수는 없지요."

"오케이, 좋습니다. 원하시는 대로 해드리죠. 수고양이 는 집 안에 있습니다. 데리고 가세요. 나랑은 상관없으니. 데리고 가주신다면 나야 좋지요. 프랭키! 손님 오셨다."

그렇게 나는 안나 코마로바를 만나게 됐다. 안나가 내 앞에 쪼그리고 앉아 미소를 지으며 말했다. "안녕, 프랭 키. 난 안나야."

안나는 나를 바로 만지지 않고 내가 냄새 맡을 수 있 게 일단 앞발을 내밀었는데, 사적인 차원에서 예의 바르 고 정말 싹싹한 행동이었다.

"우선 진찰을 좀 할게. 응?" 안나가 말했다. "겁먹을 거

없어. 아주 빠르게 지나가고 아프지도 않을 테니까."

둘 다 거짓말이었다.

안나 코마로바는 약간 이상한 인간어를 구사했다. 울림이 그랬다는 뜻이다. 나에게 "코트, 아이고, 작은 코트야"라고 했다. 그러고 콧노래를 부르며 가방을 뒤졌는데, 나는 분노가 치밀어 올랐다. '코트? 당신, 지금 나를 똥이라고 불렀어?'* 안나가 마치 내 생각을 들었다는 듯이 말했다.

"코트는 러시아어고, 수고양이라는 뜻이야. 사랑스러운 코트."

이건 내가 이해하지 못하는 일이다. 왜 인간어는 여러 종류일까? 동물 보호소에 있을 때 어떤 수고양이를 만난 적이 있는데, 이름은 후안이고 아주 먼 곳 출신이었다. '스페인'이라나 아무튼 그랬다. 우리의 의사소통에는 아무런 문제도 없었다. 여러분이 혹시 의심할지도 모르지만, 후안은 스페인-고양이어를 사용하지 않았다. 우리

---

* 독일어로 Kot는 '똥오줌', '배설물'을 의미한다.

모두와 마찬가지로 일상-고양이어를 말했다. 다른 고양이어는 없기 때문이다. 누구나 그걸 지킨다. 어쨌든 나는 지킨다.

나: "어이, 후안. 스페인은 어때?"

후안: "따뜻하지."

나: "암고양이들은?"

후안: "핫해, 아미고.*"

그리고 우린 정말 멋진 대화를 나누었고, 나는 스페인에 대해 무척 많은 것을 알게 됐다. 그곳 사람들은 소를 말리고, 아레나에서 오징어와 싸우며,** 그 외에도 괴상한 짓을 많이 했다. 이제 아주 먼 곳에서 온 사람과 아주 가까운 곳에서 온 사람이 함께 앉아 있다고 상상해보라. 끝장이다! 상대방이 하는 말을 서로 하나도 알아듣지 못하고 그저 종일 머리만 긁으며 '에엥? 뭐라고?' 이러고 있다. 세상에서 가장 멍청한 짓이다.

---

* 스페인어로 '친구'.
** 오징어를 말리고 부기상에서 소와 싸우는 것을 혼동한 것.

그 후에 일어난 일은 말하고 싶지 않지만 그래도 하겠다. 안나 코마로바는 "사랑스러운 코트, 이제 용감하게 견뎌야 해"라고 하더니 내 머리를 이리저리 주물렀다. 처음에는 살점이 뭉텅이로 떨어져나간 왼쪽 귀를 만졌다. 예전에 너구리가 날카로운 주둥이로 물어뜯었다. 너구리는 못된 놈들이라서 다른 동물의 귀를 훔친다.

그다음에 안나 코마로바는 골드가 던진 물건에 맞아 상태가 안 좋은 자리를 주물렀다. "아이고, 아이고. 사랑스러운 코트." 그러고는 그 상처에 뭔가를 몇 방울 떨어뜨렸다. 불이 붙은 것 같았다! 나는 스스로 생각해도 창피할 정도로 엄청나게 비명을 질렀다. 또 갑자기 화살에 불쑥 찔렸는데, 그래서 비명에 하악질도 더해졌다. 내가 비명-하악질을 하는 동안 안나 코마로바는 내 항문에 뭔가 밀어 넣었다. 작고 차가운 막대였다. 나는 사방에서 공격당했다! 내가 '그래, 뒤쪽이란 말이지'라고 생각하는데 안나는 다시 앞을 공격했다. 내 주둥이를 벌리고 뭔가 넣은 것이다. "기생충약이란다."

나는 세상에서 가장 더럽혀진 수고양이가 된 느낌이었

58

다. 안나는 나를 반듯하게 등을 대고 눕히고는 뒷다리를 벌리고 털을 헤집었다.

"아, 좋아. 사랑스러운 코트. 중성화됐구나" 하면서 놓아주기에 나는 소파 밑으로 쏜살같이 달려가 엉덩이를 벽에 붙인 채 웅크리고 앉아서 공포와 분노로 부들부들 떨었다. 인간들이란! 왜 이런 짓을 하는 거야? 나처럼 완벽한 수고양이를 폭력으로 제압하여 화살로 찌르고, 불붙는 듯한 뭔가를 머리에 바르다니. 이러면 좋아? 여러분은 그 정도로 잔인한가? 그리고 내가 왜 '중성화'됐다는 거야?

정말 그런가? 나는 중성화가 무슨 뜻인지 모른다. 하지만 중성화됐다면 내가 당연히 알 것 아닌가. 아니면 그렇게 느끼거나. 지금까지 누군가 한번쯤 분명히 물어봤을 것이다. "어이, 프랭키. 너 오늘 어딘지 모르게 중성화된 것처럼 보인다." 하지만 인간들은 이렇다. 동물에 대해 명청한 주장을 하고, 자신들만이 이해한다고 생각하는 복잡한 말을 흩뿌리고는 본인들이 우월하다고, 세상의 통치자라도 된 것처럼 군다.

내가 떨면서 소파 밑에 웅크리고 있는 동안 골드와 안나 코마로바는 이야기를 나누었다. 내가 둘의 대화를 다 알아듣지 못했을 수도 있다. 여전히 충격을 받은 상태였고 소파 아래까지는 소리가 잘 들리지 않으니까. 어쨌든 내가 알아들은 내용은 다음과 같다.

"약을 드릴게요." 안나 코마로바가 말했다. "매일 한 알씩 닷새 동안 고양이에게 먹이세요. 머리 상처에 염증이 생기지 않게 말이에요."

"난 고양이를 돌볼 수 없습니다." 골드가 대답했다. "음…… 여길 떠나야 해서요. 내 고양이가 아닙니다."

"하지만 당신 집, 당신 소파 아래에 있어요."

"부탁인데, 좀 데려가세요."

"난 수의사예요. 동물 보호소 직원이 아니라."

"난 정말 돌볼 수 없어요. 미안합니다."

"도대체 뭐가 문제죠?"

"'내'가 문제입니다." 골드가 대답했다.

"고양이 털 알레르기라도 있나요?"

"예? 아니요……."

"그럼 됐네요. 닷새 동안 동물을 돌보면서 얼마간 회복시키는 일은 어린이도 할 수 있어요. 그러니 개자식처럼 굴지 말아요. 그리고 제대로 먹을 만한 사료를 사주세요. 너무 말랐어요. 여기, 동물용품 가게 주소예요. 거기 뭐든지 다 있답니다. 사랑스러운 코트를 잘 돌봐주세요."

안나가 말을 마치고 나갔다. 작은 차에 올라타고 요란한 소리를 울리며 큰길을 달려갔다.

닷새라. 나는 생각에 잠겼다.

5
최고 지도자, 만세!

나는 잠깐 잠이 들었다가 깨기를 반복했다. 골드가 소
파 앞에 서서 말했다. "프랭키, 너 아직도 그 아래에 있
어?" 나는 "아마도"라고 대꾸했다.

"나, 나갈 거야." 골드가 말했다.

"나간다고? 어디로?"

"할 일이 있어. 장 봐야 해." 그가 대답했다.

"동물용품 가게로 가?"

"그럴 수도 있지." 나는 소파 밑에서 기어 나왔다.

"나도 갈래."

"안 돼. 금방 돌아올게."

"나도 간다고."

"프랭키, 이 집에서는 '표행방'을 따라야 해."

"표행방?"

"표준-행동-방식. 넌 내 말에 따라야 한다는 뜻이지. 가장 중요한 것은 '짜증 나게 굴지 말 것!' 안 그러면 재미없어질 테니까."

"지금 짜증 났어?"

"아직 심하게 나지는 않았지만, 곧 달라질 수도 있지."

"아, 알았어. 무척 흥미롭군."

나는 그냥 골드 뒤를 따라 자동차까지 갔다. 그는 나를 막을 수 없었다. 그가 문을 열자 나는 그를 지나쳐 차에 얼른 뛰어올랐다. 무척 쉬운 일이었다. 그러고는 잠깐 여기저기 냄새를 맡은 다음 골드 옆에 앉아서 말했다. "이제 출발해도 돼." 골드는 어두운 표정으로 나를 봤고, 나는 그가 곧장 나를 잡아 밖으로 내던지리라고 생각했지만 그는 "어휴, 상관없지 뭐"라고 하더니 출발했다.

여러분은 아마 이렇게 생각할지도 모른다. '장을 보는데 왜 고양이가 함께 가지? 말도 안 되잖아.' 하지만 나는 골드를 믿지 않았다. 그는 안나 코마로바에게 "난 고양이를 돌볼 수 없습니다"라고 말하지 않았나. 어쩌면 그길로 도망칠지도 모른다. 나를 내버려두고. 인간들은 그렇다. 내가 직접 겪은 일이다. 나이 든 베르코비츠 부인은 동물 보호소에서 나를 데려오더니 나중에는 떠나버렸다. 어느 날 갑자기. 지붕에 전등이 달린 하얀 자동차를 타고서. 작별 인사도, 이렇다 할 이유도 없이. 그래서 내가 지금 여기 있는 것이다.

게다가 아까 '동물용품'이라는 말에 내 귀가 순식간에 쫑긋거렸다. 나는 예전에 어떤 여우를 알게 됐는데, 그 여우는 동물용품 가게에 간 적이 있는 삼촌을 둔 테리어를 알고 있었다. 여우 말로는 그랬다. 어쨌든 동물용품 가게에서는 인간이 동물의 시중을 든다고 한다. 하얀 가운을 입고, 엄청나게 공손하고, 모든 종류의 동물어를 한다고 했다. 입구에서 바로 사료를 주면서 이렇게 묻는단다. "어떤 사료를 드시고 싶은가요? 건식 아니면 습식? 국

내산 또는 수입산?" 지금처럼 짐꾼에게 짐이 있으면 인간이 곧장 달려와 짐꾼에게서 짐을 받아 든다. 동물용품 가게에서는 또 인간들이 쓰다듬어주고, 이를 잡아주고, 마사지를 해주고, 미용도 해준다. 개박하 위에서 뒹굴거나 펭귄에 관한 다큐멘터리를 하루 종일 볼 수도 있다.

나: "우와, 여우야. 진짜 좋을 것 같다!"

여우: "동물용품 가게는 지상 최고의 장소지. 정말이야."

하지만 알아둬야 하는 게 있다. 여우는 거짓말을 잘한다는 사실. 으음, 그러니까 지속적으로 과장을 한다. 천성이 그렇다. 못된 마음으로 그러는 건 아니니 나도 나쁘게 생각하지는 않는다. 여러분이 숲에서 여우를 만나 "강에 도착하려면 아직 멀었어?"라고 묻는다면 여우는 분명히 "이봐, 친구. 모퉁이만 돌면 바로야!"라고 대답할 것이다. 그러면 한나절은 걸어야 한다. 하지만 여우는 무언가에 대해 또는 누군가에 대해 절대로 나쁜 말을 하지 않는다. 언제나 긍정적인 말만, 장점만 말한다. 그래서 그들은 장례식에 자주 불려 다닌다. 추도사를 하기 위해서다. 물론, 닭을 제외하면 그렇다는 소리다. 내가 갔던 모든 장례

식에서는 언제나 여우가 추도사를 했는데, 결국 다들 홍수처럼 울음을 터뜨렸고 죽은 동물을 산 동물보다 훨씬 낫게 여겼다. 지금 가는 동물용품 가게가 설령 여우가 말한 것보다 절반쯤만 좋다 해도 나는 반드시 가보고 싶었다.

우리는 큰길을 따라 마을을 천천히 지났다. 인간이든 동물이든 보일 때마다 나는 왕이나 대통령처럼 앞발을 흔들었다. 왕이나 대통령이 매일 그렇게 한다는 것을 텔레비전에서 봐서 알고 있었다. 차를 타고 돌아다니면서 손 흔들기. 인간이 왜 항상 하루 종일 일해야 하는지는 모르지만 어쨌든 일해야 한다면 그런 일이 좋을 것 같다. 혹시 필요할지 몰라서 말해두는데, 나는 훌륭한 대통령 감이다.

마을 뒤쪽에서 우리는 더 빨리 달렸다. 나는 창밖을 내다봤다. 내가 처음 보는 지역과 장소, 낯선 영역이었다. 섬뜩했다. 세상은 정말 크군! 이곳에는 볼 것도, 냄새 맡을 것도, 귀 기울일 것도 많네!

하지만 안타깝게도 차를 타니 엄청나게 흔들리고 속

도도 빨랐다. 나무와 덤불, 심지어 구름까지 쏜살처럼 스쳐 지나가서 나는 완전히 병이 났다. 언제부터 나무들이 이렇게 쏘다녔지? 처음에는 하품을 하고, 그다음에는 가엾게 야옹거렸다. 너무 비참했고, 다 끝장난 것 같았다. 구역질이 났다. 도대체 어쩌자고 자동차에 올라탔던가? '프랭키, 이 멍청한 놈아.'

"왜 그래?" 골드가 물었다.

"몸이 안 좋아." 그러자 그가 조금 천천히 운전했다.

"고마워." 나는 하품을 하고는 배를 깔고 납작하게 엎드렸다.

"내 차에 토할 생각은 하지 마." 골드가 말했다. "너는 지금 86년식 벤츠 280SL에 앉아 있으니까."

"알았어." 나는 그게 무슨 뜻인지도 모르면서 대답했다. 자동차는 좁고, 젖은 개와 좀 비슷한 묵은 냄새가 나고, 좌석이 두 개뿐이었다. 가난한 사람들을 위한 차인 듯했다.

골드가 유리창을 내리자 우우웅 소리가 났다. 공기가 팔딱이며 들어왔다. 그가 음악을 트니 나지막하게 짤랑

거리는 소리와 두드리는 소리가 들렸다.

"음악에 집중하면서 숨을 쉬어." 골드가 말했다. "린다도 차에서 자주 멀미를 했어. 너, 숨을 쉬어야 해. 의식적으로 들이쉬고 내쉬어. 그러면 나아지니까."

"린다가 누구야?" 나는 숨을 쉬며 물었다.

"내 아내."

빌어먹을. 인간 한 명만도 이미 문제인데. 무슨 일이 벌어질지 모른다. 그런데 두 명이라고?

"아내가 있다고?"

"있었어." 골드가 대답했다. "이제 더는 없어."

어휴, 다행이다. 나는 이렇게 생각했다.

"지금 아내는 어디 있어? 다른 '영역'에?"

"말하자면 그렇지. 하늘에 있어." 골드가 대답하고 위를 가리켰다.

"하늘에? 새들이나 뭐 그런 거랑 함께 있다고?"

인간이 저 위에서 날아다니다니, 전혀 그럴듯하지 않은 말이다.

"신과 함께 있어. 만약 신이 존재한다면 말이야."

"하늘? 신? 무슨 말인지 하나도 모르겠네."

"숨 쉬어. 수다 떨지 말고!"

"숨 쉬면서 수다 떨 수 있어. 신이 누구야?"

"넌 종교적인 고양이가 아니구나. 그렇지?"

"종교적이라는 게 중성화된 거랑 비슷한 거야?"

"직접적인 연관은 없어. 흐음, 신이란 세상의 대장이라고 할 수 있지. 신이 세상을 창조했어. 인간을 인도하고 보호해. 종교적인 이들은 신을 믿어."

"아, 신은 최고 지도자구나!"

"맞아. 너 '최고 지도자'의 존재를 믿어?"

"개들은 많이 믿지. 특히 별로 똑똑하지 못하고 공격적인 견종은 말이야. 핏불, 도베르만, 불도그 등등. 그 개들은 최고 지도자가 존재한다고 생각해. 최고 지도자는 그 직책에 오르기 전에는 블론디라고 불렸어."

"블론디?"

"그렇다는 소문을 들었어. 아주 나이 많은 셰퍼드래. 어마어마하게 크대. 주둥이도 어마어마하게 크고, 이빨도 어마어마하게 크고. 어마어마하게 높은 산꼭대기에 있는 어마어마하게 큰 개집에 살면서 산 아래로 이따금 엄청나게 현명한 말을 짖어대는데, 다들 그 말을 따라야 한대. 어쩌면 현명한 말이 아닐지도 몰라."

"너는 어때?"

"난 최고 지도자가 존재하는지 어쩐지 몰라."

"그러니까 너는 불가지론자구나?"

"당연하지."

"너, 불가지론자가 뭔지 알아?"

"불가지론자(agnostiker)들은 안경을 팔잖아."

"그건 안경사(optiker)지."

"그런가. 불가지론자는 안경을 팔지 않아?"

"안경사 중에 불가지론자도 아마 많겠지."

"거봐."

"똑같지 않다고!"

"나도 똑같다고 말하지는 않았어! 어휴. 속이 너무 안 좋아. 끔찍하게 안 좋네."

도로가 더 울퉁불퉁해지고, 자동차가 파도를 타듯이 갑자기 위로 아래로, 위로 아래로 흔들리기 시작했다. 내가 파도를 탄 적이 있다는 뜻은 아니다. 하지만 무슨 말인지 알겠지? 골드는 내 머리에 손을 얹었는데, 안타깝게도 무섭다는 듯 아주 잠깐만 그러고 있었다. 그의 손은 크고 무거워서 내 머리는 동굴에 들어간 것처럼 거의 완전히 그 안에 감춰졌다. 마음이 놓였다. 나는 눈을 감고, 의식적으로 숨을 들이쉬고 내쉬며 뚱땅거리는 음악에 귀를 기울였다. 하지만 신경을 다른 데로 돌리기에 가장 좋은 방법은 말하기였다.

"당신 아내는 왜 하늘로 갔어? 거긴 무진장 멀잖아."

"아내는 죽었어." 골드가 대답했다.

나는 그제야 상황을 알아차렸다.

하지만 모든 것을 깨닫지는 못했다.

"하늘은 정확한 장소가 아니야." 골드가 말을 이었다. "일종의…… 은유지. 위로해주는 생각이라고. 무슨 말인지 알아?"

"아니."

"죽은 뒤에도 삶이 있다고 믿는 사람들이 많아. 죽은 자들의 영혼은 하늘로 올라가. 신의 옆에 있는 거지. 하늘은 신이 있는 장소야."

"나한테도 그런 '영혼'이 있어?"

"응. 모든 생명체가 가지고 있지."

"멋지다. 그런데 영혼이 뭐야?"

"너 정말 알고 싶구나. 그렇지? 영혼은…… 뭐랄까. 죽지 않는 너의 일부야. 네 감정과 생각, 경험 등 네 존재의 정수지." 은유니 정수니…… 그 모든 것이 나에게는 너무나 복잡했다. 그래도 어쨌든 영혼이 있다는 건 좋았다. 상황이 어찌 될지, 그래서 그런 영혼이라는 게 혹시라도 필요하게 될지 알 수 없으니까. 게다가 나는 이제 불가지론자다. 내 생각에 이들은 모두 영혼이 있을 것이다. 아니라면 불가지론자가 될 수 없으니까. 자세히는 모르겠다.

"당신도 불가지론자야?" 내가 물었다.

"무신론자." 골드가 대답했다. "어쨌든 늘 그렇게 생각해왔어."

나는 '무신론자'가 뭔지 묻지 않았다. 그랬다가는 머리가 터질 것 같았다. 골드도 설명하지 않았다. 그러니 궁금하다면 여러분 스스로 알아내시길.

발을 공중으로 하고 등을 대고 누웠다. 졸기에 제일 좋은 자세다. 하지만 졸리지 않았다. 배 속이 완전히 미쳐 날뛰었다. 유리창으로 하늘을 쳐다봤다. 하늘은 엄청나게 파래서 물망초보다 더 파랗고 믿을 수 없을 만큼 넓었다. 끝이 보이지 않았다. 우리는 꽤 오래 달려왔고, 나는 평생 이렇게 멀리까지 와본 적이 없는데, 하늘은 여전히 그대로 있었다. 하늘에게서 도망칠 수 없다는 사실에 나는 심한 충격을 받았다. 무엇보다도 지금 얼마나 많은 사람들이 하늘에서 이리저리 날아다니는지, 신과 온갖 영혼과 무신론자와 안경사들과 골드의 아내를 상상하니 더욱 그랬다. 어쩌면 나이 든 베르코비츠 부인도 날아다닐지 모른다. 너무 섬뜩해서 정신이 아득했다. 게다가 새와 비행기들도 같이 날아다니잖아. 이게 무슨 야단법석인가! 하지만 한편으로는 아름답기도 했다.

섬뜩하면서도 아름다운. 그러다가 불가지론자에게 정말 영혼이 있다면, 나 또는 내 영혼이 언젠가는 하늘에서 살게 될지 모른다는 생각도 했다. 하지만 아주 솔직하게 말하면? 하늘로 가고 싶지 않았다. 동물용품 가게에

가는 것만도 힘든데, 하늘까지는 도저히 가지 못할 것이다. 그건 확실했다.

6
줄에 묶인 동물

우리는 교외에 있는, 거대한 노란 상자처럼 보이는 납작한 건물 앞에 섰다.

"여기가 동물용품 가게라고?"

"그런 것 같아." 골드가 대답했다.

비슷하게 생긴 상자들이 아주 많았는데 사람들이 상자로 들어가고 나왔다. 그들은 손에 든 봉지를 차에 실었고, 그들이 떠나자마자 또 다른 사람들을 실은 새 자동차가 왔다. 그들은 또 봉지를 들고 상자를 나섰다. 이렇게 끝없이 이어졌다. 개미 떼처럼 보였다.

우리는 차에서 내렸다. 이곳은 모든 것이 너무나 시끄럽고 낯설어 나는 귀를 쫑긋한 채로 잠깐 스트레칭을 했다.

"준비됐어?" 골드의 질문에 내가 대답했다.

"됐지."

"좋아. 우리가 안에 들어간 다음부턴 절대 말하지 마. 알았어?"

"왜?"

"지금부터 말하지 말아봐."

"내가 할 말이 있을지도 모르잖아."

"이게 뭔지 알아? 자세히 봐!"

골드는 오른쪽 앞발 손가락 두 개를 펼치고 기묘한 표시를 했다.*

"그게 뭔지 내가 어떻게 알겠어?"

"이건 침묵 여우야. 내가 침묵 여우를 하면 너는 주둥이를 닫아. 짜증 나게 굴지 말고!"

"침묵 여우라는 건 없어. 있다면 내가 알았겠지. 붉은

---

* 독일의 학교에서 교사가 학생들에게 하는 '조용히 하기' 동작.

여우랑 북극여우는 정말로 있고. 구두쇠 여우라는 말도 있는데……."

"프랭키! 침묵 여우!"

골드가 동물용품 가게 입구로 다가갔다. 나는 우리가 혹시나 공격받을 때를 대비하여 그와 몇 걸음 거리를 두고 따라갔다. 게다가 그곳에는 문이 하나 있었는데, 문은 언제나 문제다. 문은 고양이의 길을 가로막고, 상냥하게 부탁해도 비켜주지 않는다. 그런데 그 문이 저절로 열렸다. 나는 너무 놀라서 쓰러질 뻔했다. 문을 여닫는 사람은 보이지 않았는데. 만약 있다면 잘 숨었거나 투명인간이었다. 하지만 그럴 리 없었다. 어쨌든 그 순간 나는 무척 감탄했다. 이 얼마나 굉장한 마법의 문인가.

나는 가게 안으로 들어갔다. 아무도 내 시중을 들러 오지 않았다. 아무도 하얀 가운을 입고 있지 않았다. 아무도 동물어를 말하지 않았다. 이 빌어먹을 여우! 무척 뚱뚱한 여자가 우리에게 달려오더니 미친 듯이 팔을 내저으며 소리쳤다. "이봐요! 이러면 안 돼요! 이봐요!" 나는 골드의 다리 뒤에 숨었다.

"이게 무슨 짓이죠?" 여자가 우리 앞에 서서 숨을 헐떡이며 나를 가리켰다. 뚱뚱한 여자는 온통 노란 옷을 입어서 거대한 노랑나비처럼 보였는데, 여기 동물용품 가게에서 일하는 직원인 듯했다.

"뭐가 무슨 짓이라는 겁니까?" 골드가 물었다.

"당신 고양이예요?"

"수고양이입니다. 이 고양이가 그 점을 중요하게 생각하거든요." 골드가 대답했다.

"동물을 이곳에 데리고 들어올 수 없어요."

"안 된다고요?"

"당연하지요!"

"여긴 동물용품 가게인데요?"

"물론 그래요! 하지만 그렇다고 마음대로 동물을 데리고 오면 안 되죠. 고양이는 나가야 해요!"

"수고양이라고요." 골드가 대답했다.

바로 그 순간, 어떤 여자가 줄에 묶인 갈색 세터를 데리고 마법의 문으로 들어왔다. 여러분이 아직 세터 종과 별로 관계가 없었다면 알려주겠는데, 이들은 엄청나게 거들먹거린다. 이것도 그나마 축소해서 한 말이다. 세터는 자기 털이 엄청나게 아름답고 주둥이가 엄청나게 귀여우며, 나머지도 모두 무진장 귀엽고 무진장 아름답다고 생각한다. 코를 지나치게 높이 쳐들고 다니는 바람에 자기 방귀 냄새도 맡지 못한다. 정말이다.

세터: "어이, 수고양이. 잘 지내?"

나: "어이, 세터. 너 멋지다."

세터: "나도 알아. 그런데 오늘은 특히 더 멋지지. 안 그래?"

나: "나 지금 여기 노랑나비랑 문제가 생겨서 스트레스야."

세터: "아이고, 안됐다. 잘 해결되길! 나는 저 뒤에 '털과 발 관리용품'으로 가."

그리고 여자와 세터는 나를 지나, 세상에서 가장 당연한 일이라는 듯이 안쪽으로 향했다.

"개는 왜 들어가도 됩니까?" 골드가 물었다.

"개는 돼요. 줄에 묶였으니까요. 그게 규칙이에요. 문에 그렇게 쓰여 있잖아요." 노랑나비가 대답했다.

"하지만 그건 인종…… 아니, 종차별입니다." 골드의 말에 노랑나비가 말했다.

"뭐라고요? 도대체 무슨 말씀이에요?"

"개는 되고, 고양이는 안 된다니요? 한 동물을 다른 동물보다 우위에 놓잖아요. 동물을 차별하는 겁니다."

"난 아무도 차별하지 않아요!"

"그거 아세요? 난 이 모든 사실에 대해 쓸 겁니다. 난 언론인이에요. 어휴, 참 멋진 머리기사가 되겠군요. '종차별주의자들이 동물용품 가게를 지배하다'라고 말입니다. 당신에 대해서는 특별히 이렇게 쓰지요. '동물용품 가게의 작고 노란 나치 돼지'라고."

"그만해요! 당신, 정신병자로군요!"

"적어도 난 나치 돼지는 아닙니다."

나는 그 옆에 선 채 그저 '종차별주의자? 나치 돼지?' 이런 생각만 했다. 그러다가 계속 내 귓가에서 돌아다니는 인간의 복잡한 단어를 모아서 다른 동물들을 위해 좀 설명해주는 게 좋겠다는 생각이 불쑥 떠올랐다. 인간을 위해서는 《브렘*의 동물 이야기》라는 두툼한 책도 있지 않은가. 나이 든 베르코비츠 부인은 그 책을 계속 읽었다. 거기에는 동물에 대해 많이 쓰여 있었다. 하지만 인간에 대해 많이 쓰여 있는, 동물이 읽을 만한 두툼한 책이 있던가? 여러분, 무슨 말인지 알겠지!

《프랭키의 인간 이야기》에서:

종차별주의자: 노랑나비를 닮은 뚱뚱한 노란 여자. 동물용품 가게에서 일함. '개는 되고 고양이는 안 된다'고 말함.

나치 돼지: 진짜 돼지는 아님. 노랑나비를 닮은 뚱뚱한 노란 여자. 동물용품 가게에서 일함. '개는 되고 고양이는 안 된다'고 말함.

---

* 알프레드 브렘(Alfred E. Brehm), 19세기 독일의 동물학자. 동물의 삶을 글과 그림으로 남겼다.

하지만 친구 여러분, 유감스럽게도 나는 너무 게을러서 그렇게 두툼한 책을 쓰지 못한다. 솔직하게 말해야지.

골드와 노랑나비는 계속 싸웠다. 골드가 왜 그렇게 흥분했는지 도무지 모르겠다. 그는 몇 번이고 종차별주의자와 나치 돼지라고 말했고, 노랑나비가 눈물을 글썽이는 바람에 나는 문득 그녀가 불쌍하다는 생각이 들었다. 겁에 질린, 반쯤 죽은 쥐와 노는 것 같았다. 그냥 재미로…… 어라? 나도 늘 그렇게 놀잖아. 예를 잘못 들었네. 쥐 이야기는 잊어주시길.

"그러면 고양이를 줄에 묶으세요." 노랑나비가 결국 이렇게 말했다.

"수고양이라고요." 골드가 대답했다. "뭐, 할 수 없군요. 줄을 빌려주실 수 있습니까?"

노랑나비가 쿵쿵거리며 움직였는데, 아마 줄을 가지러 가는 모양이었다. 나는 골드에게 "내 목에 줄을 묶지 마!"라고 했다.

"아, 프랭키. 그러지 마."

"절대 안 돼!"

"딱 한 번만 하자. 아무도 모를 거야."

"내가 알잖아!"

"세터를 봐. 저 아이도 줄에 묶였잖아."

"걔는 개니까!"

"그래, 알아."

"알긴 뭘 알아! 동물에는 다섯 종류가 있어. 우리에 사는 동물, 무리 지어 사는 동물, 짐을 나르는 동물, 줄에 묶인 동물, 그리고 자유로운 동물. 거기에 몇몇 하위 유형과 잡종이 더해지지. 나 같은 자유로운 동물은 무척 존경받아. 제일 우위에 있다고. 짐을 나르거나 무리 지어 살거나 우리에 사는 동물은…… 으음, 중간이야. 하지만 줄에 묶인 동물들은 가장 하위에 있지. 자발적으로 인간의 노예가 됐기 때문이야. '줄에 묶인 동물'이라는 말은 심한 욕설이라고! 언젠가 지빠귀가 나더러 줄에 묶인 동물이라고 하기에 내가 곧바로 머리를 뜯어버렸지."

"알았어, 알았다고. 문제가 뭔지 알았어. 줄에 묶지 않을게. 그럼 바깥에서 기다려."

"난 들어가고 싶어. 나는 동물이니까 동물용품 가게에서 장을 볼 권리가 있잖아!"

"너, 돈 가지고 있어?"

"뭐? 당연히 없지."

"흐음, 줄은 싫다. 돈도 없다. 상황이 안 좋군." 노랑나비가 돌아왔다. 줄 하나를 손에 들고는 나를 보며 히죽거렸다. 골드도 나를 봤다. 나는 내 꿈의 목표 바로 앞에 선 채 생각에 잠겼다. '프랭키, 빌어먹을.'

여러분이 이 소문을 사방에 퍼뜨리지 않으면 좋겠다. 알았지? 창피하다는 말로도 부족하니까. 줄에 묶인 동물이 되어 동물용품 가게를 지나며, 아무도 나를 안 보기를 바랐다. 이런 모습은 안 된다. 골드는 이 상황이 우스운지 "프랭키, 서!" 또는 "프랭키, 앉아!"라고 말했다. 그의 유머는 아주 단순했다.

어쨌든 친구 여러분, 동물용품 가게는 내가 처음 보는 물건들로 가득했다! 쿠션과 침대, 사료 그릇, 빗과 칫솔, 풋크림, 스웨터와 신발……. 나는 스웨터를 입는 동물을 모른다. 민달팽이에게는 정말 필요할 법한데 입지 않는다. 하지만 인간이 동물을 위해 일부러 스웨터를 만든다는 사실에 나는 크게 감동했다. 동물에 대해 생각하는 것 말고 다른 일은 전혀 하지 않는 사람들도 있는 모양이다. 동물용품 공장에 사람들이 앉아서 소시지 빵을 먹으며 사료 그릇이나 개 호루라기 등에 대해 매일 고민하고 이렇게 말하는 모습을 상상해보라.

인간 1: "여보게들, 잠시 조용히 해봐. 여기 이 친구가 자네들에게 보여줄 것이 있대."

인간 2: "난 연구 끝에 개구리를 위한 신발을 만들었지. 개구리들은 연못에서 너무 오래 맨발로 다녀야 하잖아. 이 신발은 방수도 된다네."

인간 1: "친구, 잘했어!"

인간 3: "기분 나빠하지 말고 들어. 개구리 발은 어차피 방수잖아?"

인간 2: "자네, 그거 확실한가?"

인간 3: "응, 상당히 확실하지."

인간 2: "알았네. 내 실수로군. 그런데 여기 다른 것도 있어. 비버 화장실이지. 목제야. 비버가 직접 조립하는 DIY 제품이라네."

나머지 인간 모두: "우와, 친구. 엄청나게 실용적이군! 비버가 무진장 고마워할 거야!" 그러고는 모두 손바닥이 새빨개질 때까지 박수를 친다.

이런 꿈을 꾸고 있자니 정말 행복했다. 하지만 잠시 후에 동물용품 가게를 터덜터덜 걷다가 뭔가 이상한 점을 깨달았다. 새장이 있었는데, 그 안의 나무 그네에 초록색 앵무새가 앉아 있었다. 앵무새는 앞을 빤히 노려보다가 갑자기 자기 피부를 쪼아 깃털을 뽑고는 고개를 이리저리 휙휙 돌렸다. 그러고는 바로 다시 한번 똑같은 행동을 반복했다.

노려보기.

쪼기.

고개 이리저리 휙휙 돌리기.

노려보기.

쪼기.

나: "어이, 앵무새야. 별일 없어?"

앵무새는 대답하지 않았다.

내가 정말로 앵무새를 걱정했던가? 사실 나는 새들을 별로 좋아하지 않는다. 노래를 잘하는 새들도 많긴 하다. 어느 날 밤에 내가 상사병을 앓으며 낡은 욕조 옆에 누워 별들을 쳐다보고 있을 때 나이팅게일이 노래를 불렀는데, 노랫소리가 너무 아름다웠고 나는 가슴앓이를 하던 참이라서 하마터면 한없이 야옹야옹 울 뻔했다. 하지만 대부분의 새들은 그저 머리에 똥을 싸기만 한다. 내가 알던 뻐꾸기 한 마리는 가을이면 날아가고 봄이면 돌아왔다.

뻐꾸기: "어이, 프랭키. 내가 어디서 왔는지 맞혀볼래?"

나: "관심 없어. 내 머리에 똥이나 싸지 마!"

뻐꾸기: "아프리카에서 오는 길이야! 너, 아프리카 가본 적 있어?"

나: "아니."

뻐꾸기: "상당히 촌티가 나는군. 응?"

나: "촌티?"

뻐꾸기: "촌놈이라고! 나오지도 않고, 돌아다니지도 않

으니."

나: "여기가 내 영역이야."

뻐꾸기: "나는 엄청나게 많은 언어를 해. 알아? 달리 어쩔 수 없어. 내 생활양식이지. 무진장 흥미진진하다고. 응?"

나: "많은 언어는 빌어먹을 놈들을 위한 거고."

뻐꾸기: "어휴, 프랭키. 내가 보는 것들을 네가 한 번만이라도 볼 수 있다면 좋을 텐데. 아프리카, 대양, 사자, 펭귄……."

나: "펭귄이라니! 정말?"

뻐꾸기: "바보 같은 놈. 그럼, 정말이지. 하지만 지금 생각났는데 말이야. 너는 아프리카로 갈 수 없어. 아이고, 불쌍하고 또 불쌍한 놈."

나: "아, 얼른 꺼져버려!"

그러자 뻐꾸기가 드디어 날아갔다. 어쨌든 나는 그렇게 생각했는데, 갑자기 축축한 것이 내 머리에 철퍼덕 떨어졌다.

철새는 그렇다. 여러분도 알아두기 바란다.

그런데 지금 새장에 있는 앵무새는 달랐다. 완벽하게 가련했다. 그네만 해도 그랬다. 도대체 인간 여러분은 자유롭게 사는 앵무새가 하루 종일 뭘 한다고 생각하는 건가? 숲에서 앵무새 그네를 타고 있다고? 여러분이 앵무새를 아주 아름답다고 생각한다면 왜 가두는 거지? 사랑을 그런 식으로 보여주나?

"새장을 열어." 내가 골드에게 말했다.

"프랭키, 그러면 문제가 생겨."

"얼른 열라고!"

골드는 노랑나비가 어디 있는지 살피더니 새장 문을 재빨리 열었다. "앵무새야, 얼른 도망쳐!" 내가 소리쳤다. "날아가!" 하지만 앵무새는 못 박힌 듯 그대로 앉아 있었다. 계속 앞을 노려보고, 바보처럼 몸을 쪼아대고, 깃털을 뽑았다. 내가 지금까지 본 것 중 가장 구슬픈 장면이었다. 이제 더는 앵무새가 아닌 앵무새라니.

우리는 새로운 것들―물고기들이 있는 투명한 상자, 배를 누르면 가짜 쥐어를 찍찍대는 가짜 쥐―을 계속 지나 안으로 걸어가서 드디어 고양이용품 앞에서 발걸음을 멈췄다.

"뭘 먹고 싶어?" 골드가 묻고 거대한 선반을 여기저기 뒤졌다.

지금까지 아무도 나에게 뭘 먹고 싶은지 묻지 않았다. 쓰레기 언덕의 낡은 욕조 아래에서 살면 뭐가 됐든 먹을 것이 있다면 다행이다. 친구 여러분, 나는 그동안 정말 이상한 것도 씹어봤다! 한번은 차에 치인 고슴도치가 햇살을 받으며 도로에 누워 있었다. 고슴도치의 절반은 완전히 납작해졌다. 나머지 절반에 얼굴 등등이 아직 남아 있었다. 으음, 제대로 남아 있지는 않았다. 나는 그때 굶주린 배를 움켜쥐고 길가에 앉아 말라버린 고슴도치의 코를 씹었다. 거기가 유일하게 가시가 없는 자리였다. 그러면서 이보다 더 안 좋은 맛도 있을 거라고 생각했다. 흔한 경우는 아닐 테지만.

"송어, 칠면조, 사슴, 알프스 소……."

"소?" 내가 물었다.

"네가 직접 봐."

골드가 나를 들어 올려 자기 어깨에 앉혔다. 정말 소

가 있었다. 보리새우와 캥거루, 참치, 게다가 어떻게 생겼는지도 모르는 순록도 있었다. 이 모든 것이 반짝이는 상자에 담겨 있고, 겉에는 털 달린 사람처럼 우아하게 접시에 담긴 사료를 먹는 나른한 고양이 사진이 붙어 있었다. "신선한 당근과 닭고기가 섞인 맛있는 순록." 골드가 소리 내어 읽었다.

물론 나도 고양이 사료를 먹어보았다. 그것도 많이. 하지만 내용물이 뭔지는 알지 못했다. 나이 든 베르코비츠 부인이 나에게 준 것은 그냥 질척한 죽이었고, 나는 그 죽을 좋아했다. 하지만 지금 보니 정말 이상하네. 왜 소고기일까? 나는 소를 잡아먹는 고양이는 알지 못한다. 그러니까 현실 세계에서 말이다. 그런 일은 일어나지 않는다! 사슴도 잡아먹지 않는다. 고양이는 배를 타고 돌아다니면서 보리새우나 거대한 참치를 낚지도 않는다. 그런데 고양이 사료에 그런 것이 불쑥 들어 있다니. 인간은 인간과 비슷한 고양이를 갖고 싶은 걸까? 골드는 고양이 사료를 챙겼고(나는 순록만 싫다고 했다. 골드가 순록은 스웨덴 사람들이 사는 스웨덴에 살며 그곳은 엄청나게 춥다고 말했는데,

나는 동물이 따끈할 때 먹는 걸 좋아하니까), 우리는 다시 마법의 문 쪽으로 향했다. 캣트리라고 불리는 물건도 지났는데 나무처럼 생기지 않았다. 자그마한 집도 지났지만 집이 아니라 '고양이 화장실'이었다. 호기심이 생긴 나는 그 집에 들어가 앉아서 냄새를 맡아봤다. 토끼 굴처럼 어둡고 좁았다. 이게 정말일까? 고양이 화장실이라니, 말도 안 되는 소리다. 고양이에게는 온 세상이 화장실이니까. 하지만 나는 인간이 화장실을 가지고 있다는 사실은 알고 있다. 인간이 사는 곳에는 언제나 화장실이 있다. 둘은 늘 함께한다. 떨어질 수 없다. 그때 갑자기 어떤 생각이 떠올랐다. 골드 집에 내 화장실이 있다면 나도 거기서 살 수 있겠다는 생각. 저절로 그렇게 된다. 닷새가 아니라 영원히. 인간에게 자기 화장실이란 영역 표시와도 같다. 무슨 말인지 이해가 가는지?

"화장실 갖고 싶어." 나는 이렇게 말하고 주저앉았다.

"왜?" 골드의 질문에 내가 대답했다.

"위생상."

"그럼 누가 화장실 청소를 하지?"

나는 골드를 보며 "내가 하기는 어렵지"라고 대꾸하고
는 앞발을 쭉 뻗었다.

평소와 달리 골드는 항의하지 않았다. 그저 아무 일에
도 관심 없는 사람처럼 말없이 고개만 끄덕였다. 그는 화
장실과 화장실 모래 한 봉지를 샀고, 우리는 다시 노랑나
비 앞에 서게 됐다. 여자가 줄을 도로 건네받았고, 우리
는 마법의 문을 지나 밖으로 나갔다. 나는 바깥에 나오
자 기뻤다. 동물용품 가게는 동물이 아니라 동물과 함께
사는 인간을 위한 가게였기 때문이다. 그 둘은 완전히 다
르다.

바로 그 순간, 쉬이익 소리가 들렸다. 그 소리가 금세
가까워졌다. 몸을 돌려보니 초록 앵무새가 마법의 문 쪽
으로 날아오고 있었다. 그러니까 앵무새는 그다지 멍청
하지 않군! 무척 오랫동안 날지 않았거나 깃털을 너무 많
이 뽑아낸 것처럼 아주 삐뚜름한 곡선을 그리며 가게 안
을 날았다.

나: "앵무새야, 이쪽이야!"

앵무새: "간다!"

나: "자유를 찾아!"

앵무새: "간⋯⋯."

그때 마법의 문이 닫히고 앵무새가 문에 세차게 부딪혔다. 주둥이를 앞으로 한 채 전속력으로. 엄청나게 요란한 소리가 났다. 골드가 말한 대로 모든 동물에게 영혼이 있다면 앵무새의 영혼은 하늘로 날아갔을 것이다. 하지만 내가 보지는 못했다.

노랑나비가 마법의 문으로 쿵쿵 걸어오더니 미동도 없이 바닥에 누워 있는 앵무새를 당황한 표정으로 내려다봤다.

그런 다음 우리를 봤다.

그러고는 다시 앵무새를 봤다.

노랑나비는 이 상황을 전혀 이해하지 못했다. 그러다가 손가락 두 개로 축 늘어진 앵무새 날개를 잡아 팔을 쭉 뻗은 채 들고 가서 가게 앞에 있는 쓰레기통에 던져 넣었다.

골드가 인간용품 가게에 잠깐 들러 장을 본 후에 우리

는 차에 올랐다. 나는 앵무새와 그의 끔찍한 종말을 생각하고 엄청나게 우울해졌다.

"그 여자, 최소한 먹기라도 할 것이지." 내 말에 골드가 대꾸했다.

"사람은 앵무새를 먹지 않아."

"안 먹는다고?"

"응."

"그래도 어쨌든. 불쌍한 앵무새."

"어쩌면 앵무새는 죽으려고 했는지도 몰라. 으음, 사는 게 최상은 아니었을 테니까." 골드가 말했다.

"말도 안 되는 소리."

"곧장 문으로 날아와서 부딪쳤잖아."

"사고였어. 아무도 죽으려고 하지는 않아."

"많은 사람들이 죽으려고 해. 시도도 하고. 그걸 자살이라고 부르지."

"자살이라니, 허튼소리!"

정말 그렇지 않은가. 나는 죽음을 아주 많이 알고 있다. 그중 죽으려고 '의도한' 생명체는 아무도 없었다. 늙었거나, 아팠거나, 둘 다였거나, 혹은 잡아먹혔거나, 차에 치였거나, 얼어 죽었거나, 굶어 죽었다. 어쩔 수 없는 일이었다. 하지만 예를 들어 오소리에게 "어이, 오소리. 죽고 싶어? 자살할래?"라고 물었을 때 "응, 좋아!"라고 대답하는 일은 절대 없다.

하지만 나는 골드가 자살이라는 허튼소리를 정말 믿는 것 같아서 당혹스러웠다. 그는 아주 진지하게 말했다. 나는 본능적인 직감이 뛰어나다. 본능적으로 말하자면 자살에 대해 말하는 골드의 목소리에서 섬뜩한 뭔가가 묻어났다. 그래서 나는 정말로 고민하기 시작했다.

하지만 아주 잠깐 동안만 그랬다. 자동차가 갑자기 다시 마구 흔들리며 요란하게 앞으로 달리는 바람에 나는 머리를 앞발에 얹고 야옹야옹 울면서 의식적으로 숨을 들이쉬고 내쉬었다. 이렇게 의식적으로 숨을 많이 쉬면 죽음에 대해 더 생각할 겨를이 없다. 그랬다가는 완전히 혼란스러워질 테니까. 정말이다.

7
린다

　모든 것이 아주 좋을 수도 있었다. 처음에 나는 만사가 잘될 거라고 생각했다. 사료도, 집도, 텔레비전도 있었다. 게다가 침대도.

　물론 골드가 이런 말을 하긴 했다. "프랭키, 내 침대는 안 돼! 침대는 터부야. 프랭키, 얼른 나와!"

　'터부'가 무슨 뜻인지는 모른다. 내 생각에 인간은 '안' 된다고 너무 자주 말한다. '안' 하면 재미가 없다. 특히 뭔가 하고 싶은데 하지 않으면. 침대는 크다. 나는 거기 혼자 눕는 건 완전히 낭비라고 골드에게 말했다. 거기에 더

해 가릉가릉 소리를 내고, 귀엽게 쳐다보고, 몸을 꼬며 온갖 애교를 부렸다. 밤에는 닫힌 침실 문 앞에 앉아 한없이 야옹거렸다. 힘들었지만 할 만한 가치가 있었다. 이제 나는 매일 '내' 침대에서 자고, 골드도 거기서 잔다. 물론 골드는 침대 가장자리에 누울 자리가 있을 때만 잘 수 있다.

그러니까 모든 것이 아주 좋을 수도 있었다. 나는 버려진 집에서 왕이나 대통령처럼 살 수 있었다. 유일한 문제는 골드였다.

동물용품 가게에 다녀온 다음 날, 나는 아침과 점심, 저녁에 제때 사료를 받았다. 그 후에는 내 접시가 비어 있을 때가 잦았고, 나는 한없이 긴 토론을 벌여야 했다. 내가 골드에게 "배고파!"라고 말하면 그는 "잊어버렸다"라거나 "프랭키, 나중에"라거나 "지금은 줄 수 없어"라고 대꾸했다.

정말 쉬운 일인데. 안 그런가? 바보도 할 수 있다.

골드 자신은 거의 음식을 먹지 않았다. 어느 날 아침에는 물이 아닌 액체가 든 병을 든 채 의자에서 굴러떨어졌다. 그러고는 죽은 듯이 바닥에 누워 있었다. 골드가 이제 정말 죽었구나 하고 내가 막 생각하는데 그가 눈을 뜨고 말했다. "그렇게 빤히 보지 마!"

뭔가 먹을 때면 그는 침대에서 먹었다. 식사가 끝나면 비거나 반쯤 빈 냄비를 침대 옆에 두었다. 나는 이따금 음식찌꺼기를 핥기도 했다. 시간이 좀 지나자 냄비에서 냄새가 났다. 사실대로 말하자면 골드도 냄새를 풍겼다. 나는 수고양이라서 코가 민감하다. 골드는 입에서 꺼낸 고슴도치처럼 시큼하고 외로운 냄새를 풍겼고, 나는 그가 호수에 좀 뛰어들거나 몸을 핥길 바랐다. 하지만 그는 몸을 핥지 않았고 호수에 뛰어들지도 않았으며, 얼굴에서 자라는 뻣뻣한 털을 자르지도 않았다.

내가 인간들이 한다고 알고 있는 다른 일들도 골드는 하지 않았다. 예를 들면 다른 인간들과 대화하는 일. 전화로든 어떤 식으로든 그는 대화하지 않았다. 누가 집으로 찾아오는 일도 없었다. 혹시 친구가 한 명도 없나? 골드는 일하러 가지도 않았다. 책도 읽지 않았다. 음악도 듣지 않았다. 긴 호스로 세차하지도 않았다. 정원의 흙을

파헤치지도 않았다. 웃지도 않았다. 날씨가 엄청나게 좋은데도 햇살을 쬐며 앉아 있지 않았다. 그러는 대신 모든 커튼을 드리우고 '목욕가운'이라고 부르는 구슬픈 외투를 입고는 터덜터덜 집 안을 돌아다녔다. 죽은 사람과 함께 사는 느낌이었지만 골드는 죽지 않았다. 그렇다고 살아 있지도 않았다. 좀비와 비슷했다. 동거인으로서는 그다지 좋지 않았다. 누구라도 내 말에 동의할 것이다.

그가 규칙적으로 하는 유일한 일, 아마도 좋아하는 듯한 일은 밤에 텔레비전에서 뚱뚱한 사람들이 둥근 과녁에 화살을 던지는 모습을 지켜보는 것뿐이었다.

그러다가 갑자기 뭔가를 했다. 집 밖으로 나간 것이다.

"어디 가?" 화들짝 놀란 내가 묻자 그가 대답했다.

"누구 좀 만나러."

물론 나는 그 사람이 누군지 알고 싶었다. 너무나 당연한 일 아닌가.

큰길 왼쪽에는 쓰레기 언덕이 있다. 골드는 오른쪽으로 갔고, 나는 개처럼 그의 뒤를 터덜터덜 따라갔다.

이쯤에서 골드의 옷차림이 어땠는지 말하는 게 좋을 듯하다. 그는 낡은 모자와 아마도 팬티일 것 같은 극도로 짧은 바지, 그리고 그 위에 목욕가운을 걸쳤다. 발에는 '고무장화'라고 부르는 부츠를 신고, 손에는 물이 아닌 액체가 담긴 병을 들고 있었다. 큰길에서 마주친 두 사람은 골드가 여기서는 으레 동네 바보 차림새로 다닌다는 듯 정중하게 "골드 씨, 안녕하세요!"라고만 했다.

　골드가 오른쪽으로 향했으므로 나는 그가 어디로 가는지 알 것 같았다. 얼마 지나지 않아 우리는 울타리가 쳐진 풀밭에 도착했는데, 그곳에는 멋진 돌들이 많이 서 있었다. 크고 작은 돌, 중간 크기의 돌도 있었다.

　골드는 풀밭 가장자리 자작나무 두 그루 아래에 세워진 작은 돌 앞에 앉았고 나도 그 옆에 앉았다.

　"여기 린다가 누워 있어." 시간이 조금 지난 후에 골드가 말했다. "죽어서 묻혔지. 오늘은 린다의 생일이야."

　"어, 당신 아내가 돌 아래에 누워 있다고? 흙 속에?" 내 질문에 그가 고개를 끄덕였다.

　"춥겠다. 어둡기도 하고. 아내 나이가 아주 많았어?"

"아니, 그렇지 않아."

"그런데 왜 죽었지?"

"자동차 사고로. 린다는 아침에 장을 보려고 나갔는데, 저녁에는 시체안치실에 누워 있었지. 그게 다야."

"안타깝다."

"다들 계속 그 말을 해. 안타깝다고."

"그럼 무슨 말을 해야 하는데?"

"이런 말은 어떨까? 린다는 어떤 사람이었어? 린다가 그리워? 이제 넌 뭘 할 생각이야? 그건 그렇고, 린다, 이쪽은 프랭키야."

골드가 갑자기 돌에게 말을 걸었다.

"안녕, 린다." 나도 앞발을 들어 올리며 말했다.

"프랭키는 수고양이야. 그리고 말을 하지. 아니면 내 정신이 돌았거나. 아니면 술에 취했거나. 둘 다일 수도 있고."

골드는 돌에게 계속 이야기를 건넸다. 가끔 손으로 부드럽게 돌을 쓰다듬기도 했다. 마치 돌이 아니라는 듯이.

"린다, 프랭키는 우리 집 침대에 누워 있어. 당연히 금지했더랬지. 당신이 고양이 좋아하지 않는다는 거 나도 알아. 하지만 내 잘못이 아니야. 당신이 그냥…… 떠나버 렸잖아. 빌어먹을 하늘에 앉아서, 수고양이와 함께 침대에 누워 있는 나를 보며 웃겠지. 하지만 프랭키는 따뜻해. 가릉가릉 골골송도 부르고. 유감스럽지만 방귀도 뀌어. 아이고, 얼마나 심하게 뀌는지 당신은 모를 거야! 린다, 당신 지금 분명히 웃고 있겠지. 당신 웃음이 그리워. 모든 게 그리워. 가끔 내가 뭘 하는지 알아? 나도 모르게 여자들 뒤를 따라가. 우연히 거리에서, 전철에서, 슈퍼마켓에서, 어디서든. 그 사람들은 당신이 쓰던 향수를 쓰거든. 그 냄새가 나를 미치게 해. 당신이 죽었다는 사실을 도저히 믿을 수 없어. 알기는 하지만 믿어지지 않아. 당신 향기가 아직도 이곳에서 날아다녀. 당신, 나를 놀리는 거지. 안 그래? 린다, 빌어먹을!"

골드가 울음을 터뜨렸다. 그 어떤 동물도 내지 못하는 소리를 내면서. 그가 울지 않는다면 정말 좋을 텐데. 나는 코로 그를 슬쩍 밀었다. 손도 핥았다. 소용이 없었다.

"린다, 당신 생일인데 아무것도 가져오지 않았어. 당

신에게 너무 화가 나. 그때 왜…… 30초 더 기다리지 않았어? 그 빌어먹을 자동차에 30초만 더 늦게 탔더라면……. 린다, 빌어먹을! 내 아름다운 린다. 30초만!"

어떤 남자가 골드에게 와서 말했다. "조금만 조용히 해주실 수 있을까요? 여긴 공동묘지입니다."

골드는 고개를 들더니 검지로 그 남자를 가리키며 말했다. "댁이나 닥쳐요!"

우리는 말없이 오랫동안 돌 앞에 앉아 있었다. 골드가 갑자기 벌떡 일어나더니 다른 돌로 가서 주위를 두리번거리고는 거기 놓인 꽃을 가지고 와서 린다에게 내려놓았다.

"골드, 내 말 들어봐." 잠시 후에 내가 말했다. "당신, 그거 알아? 뱀장어가 자칼에게 가서 말했어. '어이, 자칼…….'"

"프랭키, 무슨 말을 하려는 거야?"

"당연히 농담하려는 거지. 당신 기운을 북돋우려고 말이야."

"프랭키, 때가 안 맞아. 아주 안 맞다고."

알고 보니 인간은 죽음을 무척 심각하게 받아들였다. 거의 개인적인 모독이라고 생각하는 듯했다. 하지만 죽음은 삶의 끝일 뿐이다. 시작이 있듯이 끝도 있다. 소시지와 비슷하다. 처음과 끝이 없다면 소시지는 소시지가 아니다. 삶도 삶이 아니고. 무슨 말인지 알겠지?

우리 동물들은 죽을 때 그냥 어딘가에서 잠이 든다. 우리는 오물에 누워 있고, 구더기들이 우리 머리를 통과해서 달린다. 이따금 여우가 지나가다가 추도사를 하기도 한다.

하지만 인간은 죽은 자를 위해 제대로 된 잠자는 장소를 짓는다. 무척 인상적이다. 인간은 돌에 많은 글자를 쓰기도 한다. 죽은 자를 찾아가 이야기를 하거나 뭐, 그러기도 한다. 죽은 자들은 당연히 관심이 없다. 하기야 죽은 자들이 중요한 게 아니라 산 자들을 위해 그러는 거다. 안 그런가?

여러분에게 할 말이 더 있다. 나는 지금껏 돌과 이야기해본 적이 없다. 린다처럼 죽은 사람과도 마찬가지다. 그런데 뚱보 하인츠의 집 문 바로 위에 사슴뿔이 걸려 있다. 그 사슴이 아직 온전한 몸으로 숲에서 소리를 지르거나 그 외 사슴들이 하는 행동을 할 때 나는 그를 만난 적이 없다. 하지만 지금은 그곳을 지나갈 때 늘 잠깐 수다를 떤다. 집 문에 걸려 있는 그가 너무 외롭게 느끼지 않았으면 해서다.

나: "어이, 사슴. 잘 지내?"

사슴: (묵묵부답)

나: "너 좋아 보인다. 이제 곧 교미기잖아. 준비됐어?"

사슴: (묵묵부답)

일방적인 대화이긴 하지만, 내 생각에는 사슴이 속내를 드러내지는 않아도 기뻐하는 것 같다. 정말 그럴까? 나는 나중에 집에 걸려 있고 싶지 않다. 너무 심심할 테니까. 인간들이 죽은 자에게 하듯이, 무거운 돌을 머리에 얹은 채 흙 속의 상자에 갇혀 여기 잠자는 곳에 누워 있고 싶지도 않다. 정말이다.

"린다의 돌에 뭐라고 쓰여 있어?" 버려진 집으로 돌아가면서 내가 골드에게 물었다. 잠자는 곳에서 보니, 다른

모든 돌에는 글자가 많았는데 린다의 돌만 거의 맨몸이
었다.

글자가 별로 없었다.

"'잠시 후에 만나'라고 쓰여 있어." 골드가 대답했다.

"그게 전부야?"

"린다가 차에 오르기 전에 나에게 했던 말이야. 그러고
는 다시는 돌아오지 않았어."

잠시 후에 만나.

8
삶의 의미

다음 날 아침 눈을 떴을 때, 침대에는 나 혼자 누워 있었다. 주위를 둘러보며 사방에 귀를 기울였다. 정원에서 기계가 고함을 내질렀다. 그러다가 갑자기 조용해졌다. 골드가 욕을 퍼붓는 소리가 들리고, 다시 기계가 고함을 질렀다. 이런 식으로 계속 이어졌다. 고함, 정적, 욕설.

나는 일단 그대로 누워 있었다. 침대에 있으면 그 어느 곳에도 가고 싶지 않기 때문이다. 침대에는 나를 벗어나지 못하게 하는 엄청난 힘이 있는 것 같다. 너무 엄청난 힘이어서 전혀 대항할 수 없다.

그러다가 시간이 좀 지난 후에 고함―정적―욕설이 도대체 무슨 일인지 알고 싶어서 터벅터벅 계단을 내려가 부엌으로 갔다. 새 화장실 집이 깨끗하지 않았다. 나는 냄새로 금방 그 사실을 알아챘다. 냄새는 좋아하지 않았지만 골드가 화장실 청소하는 모습을 지켜보는 일은 즐거웠다. 가히 대사건이라고 부를 만했다. 그는 악취를 풍기는 화장실 집 앞에 네 발로 쭈그리고 앉아, 체로 돌처럼 굳은 똥오줌을 모래에서 건져냈다. 내 똥이 엄청난 보물이라도 되는 것처럼.

나는 부엌을 지나 정원으로 나가서 스트레칭을 했다. 골드는 햇살 아래 땀을 흘리며 앉아서 이제 더는 고함을 지르지 않는 기계를 이리저리 손보는 중이었다. 풀을 잡아먹는 기계였는데, 이미 사방에 잡아먹힌 모습이 보였다. 하지만 지금은 피곤하거나 배가 부른지 아무 소리도 내지 않았고, 골드는 욕을 퍼부었다.

"얼른 좀, 이 망할 놈아!" 그가 고함을 질렀다. "시동 좀 걸려라. 이 망할 놈!" 그러고 또다시 소리쳤다. "이 빌어먹을 망할 놈!"

이런 식으로.

그의 욕설이 약간 지루하다는 생각이 들었다. 세 번이나 '망할 놈'이라고? 좀 심심하다. 동물들이 욕을 할 때는 전혀 다르다. 제대로 된 욕설 문화가 있다. 예를 들어 곰은 욕을 무척 잘한다. 양도 마찬가지다. 이들이 욕을 시작하면 귀를 틀어막고 있는 편이 좋다. 하지만 세상에서 가장 뛰어난 욕설의 대가는…… 까치들이다.

까치는 '언제나' 기분이 안 좋고 누구에게든, 무엇에게든 욕을 퍼붓는다. 그들에게는 정말이지 욕지거리가 운동이다. 이따금 느릿느릿 멍하니 마을을 터덜터덜 걸어가는데 우연히 나무에 까치 두 마리가 앉아 있다면, 나는 아주 끝장난 거다. 제대로 끝장이다. 한 마리가 위에서 소리친다. "어이, 수고양이! 꺼져, 이 쌍놈아!" 그러면 다른 한 마리도 끼어든다. "네 엄마에게 안부 전해줘. 만나면 내가 눈깔을 뽑아버린다고!"

처음에는 나도 맞서서 욕을 퍼부었다. 하지만 그래서는 안 된다. 까치들을 더 자극할 뿐이다. 까치들은 거의 언제나 누군가의 엄마를 욕하며 온갖 해를 가하겠다고 한다. "어이, 수고양이. 너 진짜 못생겼다. 네 엄마 목구멍에 내 똥을 쏟아버려야겠어!" 그 욕을 들었을 때 나는 이게 누군가 생각해낼 수 있는 가장 끔찍한 욕이라는 사실을 깨달았다. 그래서 끝장나버렸다. 그러니 여러분이 까치를 만났는데 까치가 뭐라고 소리친다면 그 말을 알아듣지 못하는 걸 다행이라고 여겨라.

그런데 원래는 이 말을 하려던 게 아니다. 그랬다가는 여러분이 우리 동물들에 대해 안 좋은 인상만 품게 되고, 우리가 하루 종일 지저분한 주둥이로 욕만 한다고 생각할 테니까. 내가 무슨 말을 하려고 했더라?

아, 그렇지! 나는 느긋하게 햇살을 쬐며 누워 있었다. 하품을 하고 몸을 비비 꼬았다. 호수에서 바람이 불어오다가 다시 잔잔해졌다. 바람은 달콤한 냄새를 풍겼다. 물과 갈대, 물고기와 흙, 그리고 집 냄새가 났다. 하늘에 구름이 흘러갔다. 메뚜기가 튀는 소리가 들렸다. 귀뚜라미가 귀뚤귀뚤 소리를 냈다. 정말이지 상상할 수 있는 최고의 여름날이었다. 어쨌든 나에게는 그랬다.

"재미있어?" 나는 풀 잡아먹는 기계를 계속 두드리는

골드에게 물었다.

"재미있냐고? 아니, 그렇지는 않아."

"그런데 왜 하는 거야?"

"잔디를 깎아야 하니까. 잔디 깎이가 없으면 잔디를 깎을 수 없어."

"잔디를 왜 깎아야 해?"

"여길 좀 봐. 잔디가 엉덩이 높이까지 자랐잖아."

"내가 보기에는 좋은데. 숨을 수도 있고."

"내가 보기에는 안 좋아."

"당신은 여기 오랫동안 오지 않았어. 잔디에 관심도 없었고. 그런데 이제 갑자기 관심이 생겨서 반드시 잔디를 면도하겠다며 미친 사람처럼 기계를 들고 돌아다니다니. 재미도 없다면서 말이야. 이해가 안 되네."

"프랭키, 짜증 나게 굴지 마!"

"그냥 하는 말이야."

"그리고 재미없는 일도 가끔은 해야 해. 산다는 게 그래."

"난 안 그래."

"너는 언제나 재미있는 일만 해?"

"아니. 하고 싶은 일도 이따금 하지."

"그게 무슨 차이가 있어?"

"당연히 있지. 난 여기 햇살 아래 누워 있고 싶어. 하지만 그게 재미있을까?"

"우와, 프랭키. 무척 철학적이군."

"내 생각에도 그래. 나의 강점 중 하나야. 그런데 '철학적'이라는 게 뭐야?"

골드는 기계를 두드리다 말고 나를 빤히 봤다.

"철학은 세상과 인간 존재의 근본을 탐구하는 학문이야. 예를 들어 삶의 의미 같은 것을."

"'삶의 의미'가 있다고?"

"흐음, 거기에 대해 사람들은 아주 오래전부터 고민했어. 정말 있는지, 있다면 그게 무엇인지. 인간은 누구나 자기 삶의 의미를 찾아."

"나는 안 그래."

"너는 수고양이잖아. 본능에 따라 살지. 우리 인간들은…… 더 발달했어."

"당신도 삶의 의미를 가지고 있어?"

"내 생각에는, 그게 바로 내 문제인 것 같아. 삶의 의미를 잃어버렸거든."

"어디에서?"

"뭐라고?"

"삶의 의미를 어디에서 잃어버렸어?"

"어딘지 몰라! 그냥 관용적인 표현이야. 사실 '어디'는 중요하지 않아. '언제'가 중요하지. 특히 '왜'가 중요해. 마지막으로 '어떻게'도 중요하고. 삶의 의미를 어떻게 다시 찾을까?"

"나 지금 헷갈려."

"미안하다."

"나랑은 안 맞는 거 같아."

"뭐가?"

"아, 그런 삶의 의미 말이야. 처음에는 찾아야 하잖아. 그 후에는 잃어버리지 않게 계속 조심해야 하고. 그리고 지금 당신처럼 잃어버렸다면 그게 어디 있는지 내내 고민하고 말야. 내 생각에 그런 삶의 의미라면 짜증만 날 뿐이야. 결국 다른 일을 할 시간이 남지 않잖아."

"어떤 다른 일?"

"아, 그러니까 놀기, 귀를 기울이기, 킁킁거리며 냄새 맡기. 나는 아스팔트가 적당하게 따뜻할 때 큰길을 터벅터벅 걷는 걸 좋아해. 아니면 꽃잎에 주둥이를 넣고 있는 벌의 붕붕 소리에 귀를 기울이는 것도 좋아하고. 그리고 또 햇살을 받으며 누워서 하늘도 봐야지. 지금처럼 말이야."

"아무것도 하지 않는 거잖아."

"아무것도 아니지 않아."

"하지만 그렇게 보이는데."

"아무것도 하지 않는 것도 뭔가를 하는 거야. 아주 조금이긴 하지만. 게다가 나는 곰곰이 생각도 한다고."

"아하, 뭐에 대해서?"

"뭐에 대해 생각할지 생각 중이야."

"허튼소리!"

"내 생각에 인간들은 너무 많은 걸 필요로 해. 잔디 깎이, 화장실, 삶의 의미 등등. 결국은 풀밭에 주저앉아 욕설을 퍼부으며 기계나 두드릴 거면서."

"프랭키, 짜증 나게 굴지 마!"

"그냥 하는 말이야."

우리는 한동안 침묵했다. 그러다가 골드가 입을 뗐다. "난 뭔가를 해야 해. 잔디 깎는 일이든 뭐든. 신경을 다른 데로 돌리는 게 중요하다고. 안 그러면 미쳐버릴 테니까. 견디지 못해."

"알아들었어."

"좋아."

"골드, 내 화장실을 청소할 수도 있잖아. 기분이 나아지기 위해 뭔가 '해야' 한다면 말이야."

"프랭키, 까불지 마라."

"난 그저 도와주려는 거야. 나를 쓰다듬어줄 수도 있지. 화장실 청소 말고 그게 낫다면. 배든 턱 밑이든."

나는 등을 대고 누워 배를 쭉 뻗고 눈처럼 새하얀 턱을 내밀었다. 완전히 무방비 상태로 그렇게 누워 있었고, 지금 굶주린 독수리가 위에서 내려온다면…… 잘 가게 프랭키. 하지만 정말 쓰다듬는 손길을 받고 싶었다. 뭔가 하고 싶다면 해야 한다. 당장 하는 게 제일 좋다.

"재미도 삶의 의미야?" 나는 이제 정말 나를 쓰다듬기 시작한 골드에게 물었다. 그는 아주 조심스럽게 쓰다듬었는데, 나쁘지 않았다. 연습만 조금 더 하면 1등급 쓰다듬기 선수가 될 것 같았다.

"그렇다면 쾌락주의자라고 불러야겠지. 쾌락주의자는 삶의 의미를 쾌락을 얻는 데서 찾거든. 즐거움을 추구하는 데서 말이야."

"딱 나야! 그런데 나는 불가지론자 아니었나?"

"둘은 서로 배제하지 않아. 둘 다 될 수 있어."

"정말?"

이제 확실해졌다. 누군가 앞으로 나더러 누구냐고 물으면 이렇게 대답해야겠다. "내 이름은 프랭키! 수고양이이자 불가지론자이며 쾌락주의자야."

골드가 쓰다듬자 나른해진 나는 최고 지도자에게, 또는 누가 됐든 이렇게 현명한 생각을 해낸 사람에게 감사했다. 우리 고양이들은 털이 있고 인간은 손이 있다. 쓰다듬을 때 이 둘은 서로 완벽하게 잘 어울린다. 최고 지도자, 천재적인 아이디어예요!

잠시 후에 골드가 풀밭에 누웠다. 내 바로 옆에 누워 하늘을 쳐다봤다. 우리는 수고양이 두 마리 같았다. 작고 나른한 한 마리, 크고 슬픈 다른 한 마리.

"정신병원에서 나는 매일 긴장 완화 연습을 했어." 골드가 말했다. "명상, 뭐 그런 온갖 것을 했지. 지금처럼 등을 대고 누워서 말이야. 그리고 긴장 완화 음악이 흘렀는데, 난 그게 아주 싫었어."

"'정신병원?' 그게 뭐야?"

"음…… 심각한 문제 상황에 처한 사람들을 위한 장소야."

"아하, 알아들었어."

나는 정말로 알아들었다. 인간이 문제 상황에 처한다는 사실은 명확했다. 예를 들어 발이 네 개인데 두 개로만 걷는다. 이런 게 문제 상황이다.

"정신병원에서 긴장 완화 '연습'을 했다고?"

"응. 아무것도 하지 않고, 아무 생각도 하지 않는 연습을 했지."

그제야 나는 골드가 거짓말을 하고 있다는 걸 깨달았

다. 아니면 농담을 하거나. 인간들은 텔레비전을 만들고, 거대한 건물을 짓고, 그 외에도 수많은 훌륭한 업적을 수행한다. 안경을 쓰고, 바지를 입고, 비행기를 타고 날아다닌다. 불가지론자가 뭔지도 알고, 다른 그 누구도 알지 못하는 복잡한 일들도 안다. 그런데 아무것도 하지 않을 만큼 멍청하다고?

허튼소리.

하지만 나는 아무 말도 하지 않았다. 농담도 이해하지 못하는 멍청한 프랭키로 보이고 싶지 않았으니까.

게다가 이제 무슨 소리가 들렸기 때문이다. 그 후에 일어난 일은 지금까지 생긴 모든 일도 중요하긴 하지만 그것보다 더 중요했다. 누가 큰길을 따라 풀이 높이 자란 울타리에 딱 붙어서 오는 중이었다. 거의 들리지 않을 만큼 조용한 소리였지만 내 귀는 땅속에서 두더지가 머리를 빗거나 방귀를 뀌는 소리도 들을 수 있다.

나는 울타리 쪽으로 가만가만 다가갔다.

그리고 귀를 기울였다.

바깥을 슬쩍 내다봤다.

귀를 기울였다.

그리고 다시 내다봤을 때, 여러분이 상상할 수 있는 가장 아름다운 그 고양이가 눈에 들어오고 나의 온갖 불행이 시작됐다. 아니, 불행은 사실 이미 시작됐지만.

뚱보 하인츠가 사는 근처의 호숫가, 큰길이 꺾이는 곳에 검붉은 집이 한 채 있는데, 그 고양이는 그곳에 산다. 오래전부터는 아니었고 봄이 왔을 때 온통 새까만 그 고양이가 어느 날 창가에 앉아 있었다. 그러니까 털이 새까맣다는 뜻이다. 발은 하얗고, 등에 작은 반점이 있는데 그곳도 우유를 떨어뜨린 것처럼 하얗다.

어쨌든 그때 거기서 나는 그 고양이를 처음 봤는데 그후로 몇 번이고 계속 보게 됐다. 저녁이면 자주 살금살금 그곳으로 다가가서 보리수 고목 아래 쪼그리고 앉아 있거나 수국 아래에 몸을 숨겼다. 창가에 그 고양이가 앉아 있으면 내 심장은 온통 뜨거워졌고, 창이 비어 있으면 너무나 불행했다. 여기서 그 고양이에 대해 더 많이 설명할 수도 있을 것이다. 꼬리를 얼마나 멋지게 구부리는지, 귀를 얼마나 귀엽게 쫑긋거리는지 등등. 하지만 본론으로 돌아와 슬픈 진실을 말하자면 이렇다. 나는 그 고양이를 전혀 알지 못한다. 정말 하나도 모른다. 단 한 조각도, 이름조차 모른다.

그래서 그 고양이 이름을 생각해냈다. 그러면 약간 더 가깝게 느껴지고, 백일몽 속에서 둘이 대화를 나눌 때 이름을 부를 수 있기 때문이다.

제일 처음 그 고양이의 이름: 나의 1번

그다음: 영원히 언제나 나의 1번

그다음: 유일한 내 모든 것

그다음: 최고 지도자의 은혜로 태어난 창가의 검은 여왕

그다음: 키티 떨림 꼬리

하지만 이 모든 이름은 완전히 어설프고 창피했다. 키티 떨림 꼬리라니? 그래서 나는 정말로 무진장 아름답고 거기에 더해 완벽하게 유일한 이름이 뭘까 한없이 오래 고민했다. 꿈에서 우리 둘은 이미 자주 대화를 나눴다.

그 고양이: "안녕, 프랭키! 너에 대해 많이 들었어."

나: "좋은 이야기만 들었기를 바라."

그 고양이: "아, 그럼. 프랭키, 무척 좋은 이야기였지. 넌

여기서 꽤 유명한 영웅이잖아."

나(엄청나게 겸손한 태도로): "어휴, 영웅이라니. 나는 그저 나일 뿐이야. 호수로 산책 갈래?"

그 고양이: "드디어 이제야 묻는구나."

나: "……."

그 고양이: "으음, 프랭키?"

나: "……."

나는 밑 없는 독에 빠졌다. 뇌가 완전히 실종됐다. 너무 흥분해서 꿈에서조차 한마디도 할 수 없었다! 그러니 지금 그 고양이가 큰길을 따라 그림자처럼 지나가는 모습을 보고 있는 내가 한마디도 할 수 없다는 사실은 누구라도 알 것이다. 정말이지 말을 하고 싶은데도.

나는 낡은 울타리 돌기둥에 올라가, 그 고양이의 뒷모습을 오랫동안 바라봤다. 내 옆에 서서 함께 지켜보던 골드가 물었다. "프랭키, 누구야? 네 여자친구?" 나는 심호흡을 했다. 심장이 미친 듯이 두근거렸다. 그러고는 지금까지 아무에게도 하지 않았던 말을 골드에게 했다. "저 고양이는…… '푸시넬카 슈누릴렌코'야."

여러분이 내 말을 믿든 믿지 않든, 나는 그 고양이가 정말 내 여자친구가 되리라고는 당연히 한 번도 생각해 보지 않았다. 그러니까 꿈에서가 아니라 진짜 여자친구 말이다. 푸시넬카 슈누릴렌코는 정말로 이 세상 고양이가 아닌 것 같았으니까. 그렇다고 다른 세상의 고양이도 아니었다. 그에 비해 나는 그저 쓰레기 언덕 위에 사는 수고양이일 뿐이었다.

9
세상에서 가장 안 좋은 감정

　어디선가 어두운 구름이 밀려왔다. 구름이 비를 뿌리고, 굵은 빗방울이 내 머리에 부딪쳤다. 우리는 서둘러 집으로 들어갔다. 나는 골드에게 영화를 보지 않겠느냐고 물었다. 동물과 모험을 다루고, 감정이라곤 없는 영화를. 다들 사랑, 사랑 타령만 한다! 사랑이 세상에서 가장 아름다운 감정이라고! 하지만 나는 사랑이 세상에서 가장 안 좋은 감정이라고 생각한다. 무엇보다도 혼자 외롭게 사랑하고, 해와 달과 별 아래에서 자신이 가장 심한 겁쟁이라고 느낀다면 더더욱.

텔레비전에 동물이 나오는 프로그램은 없었다. 요리를 하거나 의자에 앉아서 다음과 같은 질문에 대한 답이 뭔지 끙끙 생각하는 인간들만 잔뜩 나왔다. "모리타니의 수도는?" "우주로 간 첫 번째 사람은?" "세계에서 네 번째로 높은 산은?"

"'퀴즈'라는 거야." 골드가 알려주었다.

"아하, 퀴즈."

하지만 나는 퀴즈가 뭔지 당연히 알고 있었다. 나이 든 베르코비츠 부인이 퀴즈 프로그램을 한없이 봤으니까. 인간은 도대체 왜 이런 일에 관심이 있는지 도무지 이해할 수 없다. 세계에서 네 번째로 높은 산…… 그래서 어쩌라고? 당연히 '다섯 번째로 높은 산'과 '여섯 번째로 높은 산'도 있을 테지만 거기에 무슨 차이가 있나? 산은 자기가 얼마나 높은지 관심이 없다. 다른 그 누구도 마찬가지다. 오로지 인간만이 미친 듯이 모든 것에 등수를 매긴다. 산과 강과 기타 등등이 얼마나 높고 얼마나 길고 얼마나 두툼한지!

하지만 인간이 네 번째로 높은 산과 기타 쓸데없는 일

들을 모으느라 그렇게 거대한 머리통을 달고 다니는지 퀴즈에서 묻는 사람은 보지 못했다. 머리 위에 쓰레기 더미를 이고 다니는 것과 비슷하다.

"아이고, 케이블 채널을 반드시 다시 개통해야겠어." 내가 골드에게 말했다.

우리는 한동안 퀴즈를 봤다. "우리 태양계의 두 번째 행성은?" "모순어법이란?" 그러다가 골드가 일어서더니 위층으로 올라갔다. 위에서 뭔가 뒤지는 소리가 들렸다. 그가 먼지 쌓인 기계를 들고 내려와서 말했다. "예전에 쓰던 비디오레코더야. 그리고 이건……." 골드가 검은 물체를 들어 올렸다. "동물이 등장하는 비디오. 찾을 수 있는 게 이것밖에 없더라."

기계에서 먼지를 불어낸 골드는 기묘한 표정으로 서서 검은 물체를 계속 빤히 노려봤다. "린다가…… 으음…… 그러니까…… 이 영화를 무척 좋아했어. 빌어먹을, 너 〈레이디와 트램프〉 알아?"

모르는 영화였다. 하지만 골드에 따르면 '엄청난 고전' 이라니, 여기서 길게 설명하지는 않겠다. 그래도 이 말만은 하자. 사랑에 빠진 개 두 마리 이야기인데, 지금 나에게는 도무지 적당하지 않은 영화였다. 나는 물론 영화가 시작하고 한참 지나고야 그 사실을 깨달았고, 소파에 앉아 한숨을 내쉬며 앞발에 머리를 얹었다. 그러는 내내 푸시넬카 슈누릴렌코를 생각하며 우리가 나란히 누워 서로 깨끗하게 핥아주고 코를 톡톡 건드리는 상상을 했다. 영화에서도 물론 똑같을 것이다. 영화에서는 모든 것이 단순하다. 누구나 용기가 있고, 떠돌이개 트램프도 레이디의 마음을 산다. 트램프라니, 엄청나게 바보 같은 이름이긴 하지만 나도 그 개처럼 되고 싶다. 아니, 그보다 영화 속에 살고 싶다. 그러니까 내 말은 '정말' 그렇게 살고 싶다는 뜻이다. 영웅 프랭키로서. 마지막에는 바이올린이 연주되고, 매일 해피엔딩이고, 문제가 모두 해결되는 삶.

하지만 영화 속에 사는 일은 가능하지 않을 것 같다. 정말 그렇다면 이미 오래전에 누군가 시도해봤을 테니까.

"그냥 이름을 불러봐." 골드가 말했다.

"푸시넬카 슈누릴렌코. 간단하게 부를 수 있어."

"아니, 진지하게 말하는 거야. 너 뭔가 해야 해. 아무것도 하지 않으면 점점 안 좋아질 뿐이야."

"안 돼."

"그럼 내가 같이 가줄게. 네가 그 고양이에게 말을 걸어."

"안 돼!"

내가 골드와 심각하게 구슬픈 그의 목욕가운과 함께 푸시넬카의 집에 나타난다면 정말이지 그 즉시 끝장이다.

"프랭키, 왜 그래?" 골드가 말했다. "나는 수고양이가 사랑이라는 문제에서 그다지 소심하지 않다고 생각했는데."

"소심하지 않다고?"

"흐음, 그러니까 갖고 싶은 건 갖는다고. 달려가서 낚아채는 거지. 고양이들은 다 그러지 않아? 아니, 동물의 왕국에서는 다들 그러지?"

"예의범절이 있다면 그러지 않아."

"넌 예의범절이 있어?"

"그래. 그리고 당신이 생각하는 거랑 다른 동물도 많다고. 비버 알아? 그들은 평생 일부일처제야. 백조도 마찬가지고. 잘난 척하는 동물이긴 해도, 파트너에게는 엄청나게 충실하지. 피오르드랜드펭귄도 그래. 언제나 옆으로 나란히 서서 뒤뚱뒤뚱 걷거나 주둥이가 언 채 얼음 구멍 앞에 서 있지만, 그게 사랑이라는 걸 정확하게 알아! 또, 황새도 그렇지. 황새는 아프리카에 많아. 거기서 할 일이 많기 때문이야. 사업이라든가 뭐 그런 일. 하지만 매년 이른 봄에는 암컷이 있는 둥지로 돌아와. 유럽칼새도 마찬가지야. 그들은 비행하면서도 짝짓기를 해. 급강하하면서! 몹시 위험한 행위잖아. 하지만 유럽칼새들은 그렇게 해. 완전히 미친 것들이지."

"그런 걸 다 어떻게 알아?" 골드가 물었다.

"텔레비전에서 봤지. 내셔널 지오그래픽."

"좋아, 그러면 그 푸시넬카라는 고양이에게 잠깐 들러. 꽃을 가지고 가. 그게 예의범절이 있는 행위이고, 또⋯⋯."

"꽃은 왜?"

"여자들은 꽃을 좋아해."

"인간 여자들은 그렇겠지. 하지만 고양이가 꽃으로 뭘

하지? 먹어? 고양이 꽃병에 꽂아?"

"좋아. 내가 잘못했다. 꽃은 아니야. 하지만 너희에게도 뭔가 전형적인 구애 의식이 있지 않아?"

"쥐의 목덜미를 부러뜨려서 고양이가 사는 집 앞에 둬. 선물로 말이야. 그게 전형적이지. 아니면 새의 목덜미를 부러뜨리든가. 또는 들쥐 목덜미를……."

"알았어. 목덜미를 부러뜨린다니, 무척 낭만적이군."

"꽃보다 낫지."

"그럼 가서 쥐의 목덜미를 부러뜨려."

"안 돼."

"쥐가 불쌍해서? 프랭키, 아주 이성적이야."

"'다들' 그렇게 하니까! 수고양이들은 모두 푸시넬카 집에 들른단 말이야. 푸시넬카 집 앞이 어떤지 알아? 쥐가 무더기로 쌓여 있어. 그 옆에는 새가 쌓여 있고. 그런 상황에 내가 가서 쥐 한 마리를 더 얹으라고?"

"알았어. 빵 터뜨릴 폭발물이 필요하구나."

"그렇다니까. 그런데 폭발물이라니? 그건 그렇고, 나 불안해. 이렇게 불안한 건 평생 처음이야."

우리는 한동안 아무 말 없이 앉아 있었다. 둘 다 그럴 싸한 폭발물을 떠올리지 못했다. 골드가 텔레비전 볼륨을 다시 높였다. 트램프가 말했다. "안녕, 아가씨!" 그러자 레이디는 눈을 깜박이며 사랑 때문에 거의 쓰러질 지경이었다. 빌어먹을 트램프. 진짜 행운아잖아.

　"나 텔레비전으로 가야겠어." 내가 말했다.

　"뭐라고?"

　골드가 텔레비전 볼륨을 다시 낮췄다.

　"진심으로 하는 말이야. 영화배우처럼 유명해지면 아주 쉬울 테니까. 그러면 뭐랄까, '안녕, 아가씨'라고 세 번만 말해도 다들 반하잖아."

　"프랭키, 과연 그럴까."

　"트램프를 좀 봐."

　"저건 만화영화야. 트램프는 실제로 없어."

　"그래, 실제로 없다는 거 알아. 하지만 장화 신은 고양이는……."

　"그것도 만화영화지. 동화이기도 하고."

　"장화 신은 고양이가 없다는 소리야?"

"그래."

"확실해?"

"100퍼센트 확실해."

"그러면 플리퍼는? 래시는? 퓨리는? 그들도 없어?"

"있지. 그들은 진짜 동물이야. 또는 있었던 동물이지.
아직 살아 있는지는 모르겠지만."

"거 봐! 플리퍼가 자기 만(灣)이든 어디든 지금 사는 곳
에서 돌아다니며 헤엄치고 있다고 상상해보라고. 암컷
돌고래들이 정신없이 뒤를 따르며 플리퍼의 지느러미를
만지려 하고, 사랑 때문에 엄청난 소리를 지르겠지. 확실
해. 세상이 그렇다고."

"하지만 유명해진다는 건 쉽지 않아. 영화배우가 되는
것도. 몇 년이나 걸려. 힘들어."

"사랑도 힘들어."

"너 어쩌면 할리우드로 가야 할지도 모르겠다."

"할리우드가 어디야?"

"미국."

"모르겠네. 동물용품 가게 옆이야?"

"조금 더 멀지. 비행기로 날아가거나 배로 바다를 건너야 해."

"확실해? 다른 할리우드를 말하나 보네. 내 할리우드는 여기 인근에 있어. 동물용품 가게 옆에."

"프랭키, 짜증 나게 굴지 마! 할리우드는 오직 하나뿐이야. 미국에 있다고."

"알았어. 그렇다고 치지 뭐. 하지만 지금까지 나온 계획 중에 할리우드가 최고야. 내가 여기 마을을 지나간다고 상상해봐. 아주 느긋하게 말이야. 그러면 푸시넬카 슈누릴렌코를 비롯해서 모두 '저기 봐. 프랭키가 온다! 우리 영화배우! 할리우드에서 돌아왔어!'라고 말할 거야!"

골드가 나를 빤히 노려봤는데, 영 마음에 들지 않는 눈빛이었다.

"우리 영화배우라고? 웃기시네. 너 자신을 좀 돌아봐. 너는 지극히 평범한 길고양이야. 술 취한 우울증 환자인 나랑 똑같은 처지라고. 프랭키, 현실주의를 적용해보는 게 어때? 마을에 사는 고양이에게 말을 걸 용기도 없는 주제에 '좋아, 그러면 얼른 할리우드 영화배우가 되어야

겠다. 그러면 성공하겠지' 하고 생각한다고? 멍청한 거야,
아니면 멍청한 척하는 거야?"

그리고 골드는 다른 말은 하지 않고 텔레비전 볼륨을
높였고, 나도 속이 상해서 말없이 창밖만 내다봤다. 쯧,
골드가 나에게 이런 식으로 말한 건 이번이 처음이었다!
게다가 '현실주의'라는 것도 전혀 마음에 들지 않았다.
삶과 사랑만으로도 이미 충분히 힘들지 않은가. 좋은 계
획과 어느 정도의 희망을 품고 있는데 현실주의자라는
인간들이 불쑥 나타나서 모든 것을 망치니까. 내 생각에
는 현실주의라는 게 모두 없어진다면 세상이 더 아름다
울 것 같았다.

그렇고말고.

"이제 어떻게 해?" 시간이 한참 흐른 후에 내가 물었다.

"난 도와줄 수 없어." 골드가 대답했다.

"하지만 당신은 아내가 있었잖아. 어떻게 했어? 분명 요
령이 있을 테지."

"사랑에 요령 같은 건 없어."

실망스러웠다. 골드는 도무지 도움이 되지 않을 때가 많았다. 인간이라면 누구나 적어도 굉장한 사랑의 요령 하나쯤은 갖고 있지 않나? 아닌가?

나는 누군가를 사귀는 데 그다지 능숙하지 못하다. 사랑만이 아니었다. 누구와도 그랬다. 그래서 내가 뒤영벌이기를 바랄 때도 가끔 있다. 뒤영벌은 망설임이라고는 전혀 없다. 붕붕거리는 소리 때문에 말을 알아듣기 힘든데 아무렇지 않게 누구에게나 말을 건다. 뒤영벌어는 붕붕거리는 소리만으로 이루어져 있다. 도무지 이해하기 어렵다. 하지만 뒤영벌은 신경 쓰지 않는다. 그저 귀가 따갑도록 붕붕거리며, 자기들의 말이 엄청나게 흥미진진하고 재미있다고 생각한다. 햄스터 코만 한 크기인데도 자존감은 코끼리만 하다. 뒤영벌들은 그렇다.

"나는 린다에게 편지를 썼어." 골드가 불쑥 말을 꺼냈다.

"응? 무슨 말인지 모르겠어."

"그럼 잘 들어. 나도 너랑 비슷했지. 처음에 린다에게 말을 걸 수 없었어. 린다는…… 손에 닿을 수 없는 사람처럼 보였거든. 그래서 편지를 썼어. 짧은 시를 두 편 넣어서 말이야."

"그 시들을 린다가 훌륭하다고 생각했어?"

"아니, 그렇지 않았어."

"그럴 줄 알았어."

"린다는 그렇게 과장된 시는 처음 읽어본다고 했지."

"아이고, 창피해라."

"응, 맞아. 사랑은 창피한 거야. 창피한 일을 생각하고, 창피한 일을 말하고, 창피한 일을 하지."

"그래서 어떻게 됐어?"

"며칠 후에 린다는 이렇게 과장된 걸 보내는 용기 있는 남자를 만나보고 싶다는 답장을 보냈어. 오로지 호기심에서 말이야."

"그렇게 썼다고? 당신은 린다에게 웃기고 과장된 걸 보내고, 린다는 '좋아, 만나보자' 하고 말했다고?"

"그래. 운이 좋았지."

"도무지 이해가 안 되네."

"사랑 앞에서 처음에는 그저 뭔가 할 용기를 내야 해.

어떻게든 뭔가를. 프랭키, 넌 일단 눈에 띄어야 해."

"눈에 띄다니, 무슨 말이야? 창피한 시를 쓰거나 뭐 그
러라고?"

"네가 인간이라면 그렇게 해보라고, 시를 쓰라고 조언
할 텐데."

"아주 웃기군." 나는 이렇게 대꾸하고 앞발을 들었다.

하지만 사실은 하나도 웃기지 않았다. 내가 정말로 시
를 하나 알고 있기 때문이다. 그것도 내 자작시를. 앞발
도, 종이도 없이 써서 오직 머릿속에만 있다. 누가 "프랭
키, 현실주의 좀 장착해!"라고 소리치기 전에 이게 왜 엄
청나게 현실적인지 바로 설명하겠다.

내가 나이 든 베르코비츠 부인 집에 아직 살 때, 그곳
에는 늘 라디오가 켜져 있었다. 부인은 이미 잠들고 나는
어둠을 노려보고 있는 밤에도 아주 나지막하게 켜져 있
었다. 음악이 자주 들렸지만 사람들이 말을 할 때도 많
았다. 무진장 지루했다. 가끔은 지루하지 않을 때도 있긴
했다. 책을 낭독해줬는데, 그중에는 시도 있었다. 내가 이

해하지 못하는 내용이 많았다. 괴상한 단어들 때문이었다. "어서, 어서. 마법의 숨결이여, 사랑하는 이여, 당신을 애무하네. 신성한 목소리가 울리네."* 이런 식이었다. 하지만 시에 등장하는 괴상한 단어들은 아름다웠다. 음악 같았다. 단어들의 음악. 그런 게 있을까?

어쨌든 나는 그렇게 시를 들었다. 푸시넬카 슈누릴렌코를 사랑하게 됐을 때 나는 밤에 혼자 쓰레기 언덕 꼭대기 욕조 아래에 앉아, 고장 난 심장을 부여잡고 그녀에게 시를 써야겠다고 생각했다. "어서, 어서." 달님이 그런 모습을 지켜보고 있었다. "마법의 숨결."

맹세한다. 정말로 그랬다.

"골드, 내 말 좀 들어봐." 나는 이렇게 말하고 자리에 앉았다.

"뭔데?"

"나, 정말 시를 하나 지었어. 사랑에 대해서 말이야."

---

* 요한 볼프강 폰 괴테의 《서동시집》에서 〈줄라이카〉 중 하나를 변형한 것.

"네가?"

"응, 내가. 동네를 떠도는 길고양이가. 아무에게도 말하지 않았어."

"아이고, 프랭키. 또 뭐가 있어? 너 혹시 책도 쓴 거 아냐? 희곡은?"

"아니, 시를 썼어. 시가 뭔지 알아?"

"그럼, 알지. 그런데 너…… 아, 상관없어. 읊어봐."

"웃으면 안 돼! 웃기만 해봐……."

"안 웃어. 약속할게."

"인상을 쓴다거나 그래서도 안 돼."

"알았어. 중립적인 얼굴로 있을게."

"내 첫 시야. 어쨌든, 그러니까…… 시작한다."

나는 심호흡을 하고 눈을 감았다.

푸. 슈에게

너를 사랑해.
매번
그리움이 밀려와.
살찐 뱀장어는
마른 것보다 맛있지.
난 에멘탈 치즈를 제일 좋아하지.

너를 사랑해.
내가 어떻게 해야 해?
냉장고에서는 수프용 닭고기가 얼어가고
고슴도치는 아스팔트에 붙었고
나는 생각해
내가 나이 들 거라고.

너를 사랑해.
너도 나를 사랑해?

내 배에 털이 자라나.

무수히 많아.

너는 아름다워.

난 혐오스러워.

골드가 목을 긁었다. 그러더니 고개를 저으며 나를 바라봤다. 이따금 뭔가 말하려다가는 커다란 원숭이처럼 그저 다시 목만 긁었다. 그 행동이 지독하게 내 신경을 긁었다.

"흠흠." 그가 드디어 입을 뗐다. "너, 각운도 아는구나. 그런데 뭘 망설여?"

"무슨 뜻이야?"

"프랭키, 내 말 잘 들어. 난 사랑에 대해 많이 알지는 못해. 하지만 네가 사랑에 빠졌는데 아무것도 하지 않으면 나중에 후회하게 돼. 그러니 네 털복숭이 엉덩이를 얼른 일으켜서 푸시넬카에게 가."

"안 돼! 진심으로 하는 말이야?"

"그래, 빌어먹을! 걔가 네 시를 좋아하지 않는다면 어차피 마음이 없는 거야."

"이 시 훌륭하지. 안 그래? 내가 정말 시를 쓰는 시인인
가?"

"그럼, 프랭키. 그렇고말고."

골드는 진심인 것 같았다. 어쨌든 나는 그러기를 바랐
다. 지금까지 나는 누군가 시를 가지고 가서 획! 단숨에
타인의 마음을 얻는 걸 본 적이 없다. 그런 상상도 할 수
없었다. 하지만 폭발물이 떠오르지 않으니 달리 선택의
여지가 없었다.

10
견과 먹을래?

    시간이 한없이 오래 걸렸다. 갈지자로 걸으며 아무 의미도 없이 여기저기 킁킁 냄새를 맡고, 몇 번은 용기를 거의 다 잃고 돌아서려고도 했다. 검붉은 집 앞에 드디어 섰을 때, 창가에 아무도 앉아 있지 않아서 마음이 가벼워졌다. 그러나 잠깐만 그랬다. 마음속에서 거대한 그리움이 솟구쳐 갑자기 한없이 절망스러웠다. 이게 정상인가? 이게 사랑일까? 계속 다른 감정을 느끼는 것이?

    보리수 고목 뿌리에 쪼그리고 앉은 나는 점점 더 슬퍼졌다. 슬픈 생각에 너무 깊이 잠기는 바람에 내 위쪽 나무 꼭대기에서 누군가 보리수 아래로 나를 향해 쏜살같이 달려오는 걸 알아채지 못했다. 그 누군가가 "프랭키! 어이! 나야!"라고 외치는 바람에 나는 자지러지게 놀라서 몸이 휘청거릴 정도였다.

내 바로 위에 커다란 귀가 달린 자그마한 갈색 얼굴이 거꾸로 매달려 있었다.

"빌어먹을, 근육질 청설모야. 너 때문에 죽을 만큼 놀랐잖아!"

청설모는 나무에서 뛰어내리더니 흥분해서 소리쳤다. "프랭키, 내 친구!" 나도 화답했다. "근육질 청설모, 내 친구!"

청설모: "우와, 만나서 반갑다!"

나: "그러게. 우와! 반가워!"

청설모는 자기 이마로 내 이마를 툭 밀었다. 우리는 꼬리를 교차한 다음, 다시 이마를 부딪치고 코도 부딪쳤다. 그러고는 처음부터 다시 반복했다.

으음, 그런 식으로 한참 지속됐다. 나는 근육질 청설모를 만나서 정말 반가웠다. 여러분이 알아둘 게 있는데,

나는 친구가 많지 않다. 사실 둘뿐이다. 그중 하나가 근 육질 청설모다.

나도 안다. 인간 여러분은 친구가 많은 걸 좋아한다. 어떤 영화를 봤더니 어떤 사람이 큰 파티를 열어 다른 사람들을 아주 많이 초대했는데, 다들 친구라고 했다. 하지만 나는 그 말을 믿지 않는다. 사람들은 그저 맘껏 먹으려고 왔을 뿐이다. 진짜 친구는 지극히 드물고 한 명도 찾지 못할 때도 있다. 그러면 세상에 오로지 자기 혼자뿐이다. 나는 그렇게 될까 봐 정말 두렵다. 이 세상에 혼자라니. 그러면 종일 혼잣말을 하고 털과 똥구멍을 핥을 뿐 다른 일은 전혀 없다. 똥구멍 핥기와 외로움뿐. 그래서 친구가 둘 있다는 게 정말 기쁘긴 한데, 하나가 죽을 때를 대비해서 셋이라면 더 좋겠다고 생각할 때도 가끔 있다.

한동안 나는 '훈족의 왕 아틸라'라는 양과 친구였던 적이 있다. 아니, 어쨌든 친구가 되려고 했다. 하지만 무리 지어 사는 동물과는 정말이지 친구가 되기 어려웠다.

나는 풀밭에 서서 안부를 물었다. "어이, 아틸라. 옛날

훈족의 왕. 어떻게 지내? 만사 오케이?"

아틸라가 빤히 보더니 대답했다. "무리에게 물어봐야 해."

나: "어이, 아틸라. 호수로 같이 갈래?"

아틸라: "무리에게 물어봐야 해."

나: "어이, 아틸라. 너 똥 싸러 갈 때도 무리에게 일단 물어……?"

아틸라: "무리에게 물어봐야 해."

그래서 우리의 우정은 이루어지지 못했다. 나를 위해 걱정하고 생각해주는 무리가 있다면 좋겠다는 마음이 드는 날도 있기는 했다. 가끔은 계속 스스로 생각하고 스스로 결정하는 일도 무척 지치니까.

"프랭키, 내 오랜 친구. 여기서 뭐 해?" 근육질 청설모가 이렇게 묻고는 내 옆 보리수 고목 그늘에 앉았다.

"나? 아무것도 안 해. 생각 중이지."

"견과 먹을래? 생각하는 데 도움이 되거든."

"괜찮아. 안 먹어도 돼."

"내가 보기에는 하나쯤 먹어도 될 것 같은데. 무슨 생각해?"

"그냥 이것저것."

"암고양이?"

"아니야! 암고양이라니?"

나는 푸시넬카에 대해 말하고 싶지 않았다. 그건 비밀이었다. 상사병에 걸린 수고양이보다 더 멍청한 건 없으니까.

"많이 우울해 보여서."

"난 지극히 정상으로 보여."

"내 의견을 말해보라면, 까치가 네 머리에 똥을 싸고 간 것처럼 보여."

"네 의견 물은 적 없어."

"친구, 기분이 안 좋구나. 견과 먹을래? 그동안 내내 어디 있었어? 우리가 걱정했단 말이야. 교수랑 나랑."

나는 그 생각을 전혀 하지 못했다. 마지막으로 친구들을 본 이후로 정말로 많은 일이 벌어졌다. 그들은 골드가 끈을 가지고 노는 모습을 내가 본 날부터 새로 시작된 삶을 전혀 모르고 있었다.

"미안해." 내가 말했다. "바로 다 설명해줄게. 깜짝 놀랄 거야! 교수를 불러주겠어?"

"그럴게, 프랭키." 근육질 청설모가 대답하고 엄청난 속
도로 보리수 고목을 올라가 나무 우듬지로 향했다. 나는
유리창이 비어 있는 검붉은 집을 슬쩍 건너다봤는데, 근
육질 청설모가 그새 벌써 나무줄기에서 내려와 말했다.
"교수가 올 거야."

청설모는 숨이 찬 기색조차 없었다.

그래서 그는 근육질 청설모다. 혹시 여러분이 궁금할
까 봐 말하는데, 근육질 청설모가 사실은 우베 또는 베
른트 또는 이와 비슷한 멍청한 이름을 가지고 있다는 소
문이 마을에 돌지만 그에게 다른 이름은 없다. 그건 그
저 소문에 불과하다. 근육질 청설모는 나무를 한없이 달
려 오르내리며 엄청나게 훈련했고, 자신의 근육을 자랑
스러워했다. "프랭키, 나는 체중을 줄이고 싶어."

흐음, 그래서 그의 이름이 그렇게 된 것이다.

교수가 오는 모습이 보였다. 큰길을 따라 절뚝이며 걷
는 그는 멀리서부터 눈에 띄었다. 교수는 나이가 엄청 많

았고 닥스훈트라서 다리가 작은 소시지처럼 극단적으로 짧았다. 최고 지도자가 (또는 누가 됐든) 모든 닥스훈트는 다리가 짧아야 한다고 정했기 때문이다. 이유는 모른다. 내 생각에는 최고 지도자 (또는 누가 됐든) 스스로도 이유를 모를 것 같다. 동물의 다리는 너무나 다양해서—기린, 딱따구리, 뒤영벌, 낙타, 거북이, 스컹크, 박쥐 등등—동물을 처음 만들 때 최고 지도자가 (또는 누가 됐든) 어떻게 그 모든 다리를 구별하고 어떤 동물에게 어떤 다리를 주겠다고 공평하게 결정할 수 있었을까 상상이 되지 않는다.

교수의 다리는 극단적으로 짧을뿐더러 개수도 적다. 다리 하나, 그러니까 왼쪽 앞다리가 없다. 그래서 그는 엄청나게 나이 많은 세 다리 닥스훈트이고, 이제 여러분은 그가 큰길을 따라 걸어오는 모습을 상상할 수 있을 것이다. 다시 말해서 빛의 속도는 아니라는 뜻이다.

한 가지 사실을 숨기지 말아야겠다. 닥스훈트는 개라서 줄에 묶인 동물이다. 여러분은 내가 줄에 묶인 동물에 대해 어떻게 생각하는지 알고 있다. 나는 철저한 규칙을 지닌 수고양이다! 하지만 융통성도 있어야 한다. 안 그러면 규칙은 재미없고, 삶은 규칙 때문에 끔찍하게 복잡해진다.

게다가 나는 교수가 줄에 묶인 모습을 한 번도 못 봤다. 교수는 아담 씨 집에 사는데, 그 역시 엄청나게 나이가 많고 등이 심하게 굽어서 둘이 나란히 터덜터덜 마을을 걸어갈 때면 달팽이들이 경주를 벌이는 것처럼 보인다. 그러니 어차피 줄은 허튼소리다.

"신사 여러분, 안녕." 드디어 우리 앞에 도착한 교수가 잿빛 머리를 끄덕이며 평소 스타일대로 아주 우아하게 인사했다.

"프랭키, 어린 내 친구." 다시 끄덕끄덕.

"근육질 청설모." 다시 끄덕끄덕.

그런 다음 교수는 신음하며 보리수 고목 아래 앉아서 눈을 감았다. 잠이 들었나 하고 생각하자마자 그가 거의 숨소리처럼 약한 쉰 목소리로 말했다. "자, 프랭키. 어린 내 친구. 그동안 어떻게 지냈나? 말해봐. 늙은 내 귀가 열

렸으니."

그래서 나는 골드, 내가 이제 살고 있는 버려진 집, 가방을 든 여자, 동물용품 가게와 노랑나비, 정신 나간 앵무새, 할리우드, 그리고 내가 갑자기 불가지론자에 쾌락주의자가 된 것까지 모두 이야기했다.

가끔 여기저기 좀 더 멋지게 꾸미기도 해서, 내 이야기를 들은 친구들이 새로운 나의 삶에 축하를 건넬 것이 뻔했다. 또는 이런 식으로 말할 터였다. "우와, 프랭키, 너 성공했구나. 그럴 줄 알았어. 네가 정말 자랑스럽다."

하지만 아무도 말이 없었다. 근육질 청설모가 나를 빤히 바라보고, 교수는 나지막하게 한숨을 내쉬었다.

"친구들, 왜 그래?"

"인간이랑 살고 있다고?" 근육질 청설모가 물었다. '인간'이라는 단어를 마치 끔찍한 질병처럼 발음했다. "프랭키, 네가 그러리라고는 상상도 못 했어. 넌 자유로운 동물이었잖아!"

"지금도 여전히 자유로운 동물이야."

"인간이랑 살면 그렇지 않아."

"말도 안 되는 소리. 자유로운 동물이란 태도의 문제야." 내가 대꾸했다.

"프랭키, 아니야. 인간이랑 살면 의존하게 돼. 넌 자……자…… 그걸 잃는다고. 무슨 말인지 알지? 그거 말이야. 자!"

"근육질 청설모는 네가 자주성을 잃는다고 말하는 거야." 교수가 도와주었다. 그러자 근육질 청설모가 얼른 답했다.

"그래, 그거!"

"너 완전히 미쳤구나?" 내가 고함을 질렀다.

"프랭키, 내가 두 글자만 말할게. '그건 수치야!'"

"다섯 글자인데."

"아, 그래? 그렇다면 이제 다섯 글자를 말하지. '배신자!'"

"그건 세 글자야. 몇 글자를 말하겠다고 미리 말하지 마!"

근육질 청설모가 머리를 긁었다.

"프랭키, 너 정말 뚱보가 되려고 해?"

"뭐?"

"이제 매일 사료를 얻어먹겠지. 작은 접시에 담긴 사료 말이야. 내 말이 맞지? 이봐, 친구. 얼마 지나지 않아 네 본능은 쪼그라질 거야. 몸도 머리도 느릿해지고. 프랭키, 나를 봐. 이 근육질 몸과 민첩한 정신을 보라고. 인간과 살면 이런 건 바로 사라져."

"걱정 마. 나는 뚱보가 되지 않을 테니까."

"내가 보기에, 넌 이미 조금 쪘어."

"아니야!"

"그래? 그럼 여기 이건 뭐지?" 근육질 청설모가 내 배를 여기저기 꼬집었다.

"꼬집지 마!"

"배둘레햄이잖아! 아직은 작고 귀엽지만."

"죽을래?"

"뚱보 수고양이에게 죽진 않지!"

"그러거나 말거나."

"프랭키, 목줄은 어디 있어?"

"없어!"

"분명히 있을 거야. 방울도 달렸나? 저기 프랭키가 오네! 인간이랑 살면서 말을 잘 듣고, 착한 양 같은 소리를 낸다지. 딸랑딸랑!"

"근육질 청설모, 경고한다!"

"이 바보들! 그만해!"

교수였다. 눈을 거의 감다시피 한 채 그냥 누워 있었고 약하게 쉰 목소리만 그르렁거릴 뿐이었다. 하지만 텔레비전에 등장하는 대통령이나 갱스터 왕처럼 아주 매섭게 그르렁거렸다. 어떻게 그럴 수 있는지 모르겠다. 이게 그의 비밀이었다. 어쨌든 우리는 당장 싸움을 멈추었다.

"서로 사과해! 얼른!"

우리는 앞발로 악수를 나누고, 코와 머리를 서로 비볐다.

"프랭키, 미안해. 하지만 네가 정말 걱정돼. 인간과 살다니! 견과 먹을래?"

"괜찮아. 혹시 나중에 먹을지도 모르겠어."

"나한테 좋은 견과가 많아! 헤이즐넛, 호두, 옥수수씨, 도토리, 가문비나무 씨앗……. 견과 먹을래?"

우리 우정이 막 싹트기 시작했을 때 나는 딱 한 번 정말로 "응"이라고 대답한 적이 있었다. 친근하게 굴고 싶었기 때문이다. 당연히 나는 견과에 관심이 없다. 겨울이었는데 우리는 견과를 찾아 한없이 터덜터덜 걸었다. 근육질 청설모가 소리쳤다. "여기야!" 하지만 한 번도 찾지 못했다. 그는 가을에 미친놈처럼 여기저기에 견과를 묻어놓는다. "프랭키, 너 미리 대비해야 해. 언제나 대비하라고!" 하지만 그러고는 어디에 묻었는지 잊어버린다. 너무 여러 곳에 숨겨서 그렇다. 조직적이지 못하다. 물류 처리에서 그렇다는 소리다. 우리는 결국 떨면서 눈 속에 쪼그리고 앉아 있었고, 근육질 청설모는 정신적으로 완전히 지쳐버렸다. "프랭키, 여기야! 아닌가? 나도 이제 더는 모르겠네. 여긴가?"

여러분이 아는지 모르겠는데, 근육질 청설모는 미리 대비하는 동물이라서 '나중'을 위해 한없이 걱정한다. 원래 천성이 그렇다. 어쩔 수 없다. 그런 인간도 많다. 나이든 베르코비츠 부인은 언제나 감자를 잔뜩 지하실에 쟁이고는 만족스럽게 말하곤 했다. "이렇게 준비해두면 앞으로 편하지." 하지만 여러분도 알다시피 일이 벌어졌다.

베르코비츠 부인은 쓰러져서 하얀 자동차를 타고 사라져버렸다. 부인의 감자는 어떻게 됐는지 모른다. 어쨌든 나는 미리 대비하는 일이 별로 현명하지 않다고 생각한다. 어쩌면 내일 당장 늑대가 나를 잡을지도 모르고…… 그러면 저장해둔 쥐는 소용이 없다. 그래서 나는 이렇게 생각한다. '흠, 멍청하게 견과나 감자나 뭐가 됐든 묻어두지 말고 사는 재미를 조금 더 누렸어야지.' 어쨌든 내가 미리 대비했다가 그렇게 죽는다면 아마 그런 생각을 할 것이다.

교수는 끙끙 옆으로 돌아누우며 날씨 때문에 얼마나 힘든지 이야기했다. 예전에는 여름에 비가 많이 와서 더 시원했다고, 예전에는 많은 것들이 더 나았다고 했다. 그러더니 잠깐 눈꺼풀을 올려 나를 바라봤다. 나는 눈물이 흐르는 그의 어두침침한 눈을 마주 봤다. 교수는 내 아버지나 할아버지 같았다.

"프랭키, 어린 친구. 내 말 잘 들어봐. 잘 들을 테지?"

"교수, 당연하지."

"네가 알아야 할 게 있어. 인간들은 예측하기 어렵고 변덕이 심해. 내가 만난 첫 인간은 삽으로 나를 반쯤 죽일 만큼 때렸어. 그때 다리를 잃었지. 두 번째 인간인 아담 씨가 나를 데려갔어. 다리가 세 개뿐이고 오소리 굴을 더는 찾아내지 못하는 쓸모없는 닥스훈트를 말야. 그는 집에서 나를 안고 계단을 올라가고, 내 생일에는 노래도 불러줘. 노래를 끔찍하게 못 부르긴 하지만 나는 반쯤 귀먹었으니 괜찮아. 하지만 그는 최고의 인간이고, 그에게 위협이 되면 나는 그게 누구든 물어서 쫓을 거야. 아직 이빨이 있다면 말이야. 프랭키, 올바른 인간을 찾는 게 중요해. 골드는 너에게 올바른 인간이야?" 교수가 좀 더 가까이 기어와서 절단된 다리의 남은 부분을 나에게 내밀었다. 내 코 바로 앞에 들고 있었다.

"프랭키, 똑바로 봐. 내 절단 부위를 자세히 보라고."

나는 얼른 흘낏 봤다. 교수를 좋아하긴 하지만, 그가 다리가 세 개뿐이라는 사실이 이따금 섬뜩했다. 한번은 그의 네 번째 다리가 숲을 뛰어다니며 교수를 찾는 꿈을 꿨다. 나는 다리에게 교수가 어디 사는지 설명했지만 다리는 내 말을 알아듣지 못했다. 귀가 없었기 때문이다. 그러더니 엄청나게 화를 내며 나를 걷어찼고, 나는 교수의 다리에게 쫓기며 숲속을 정신없이 도망 다녔다.

"똑바로 봐!" 교수가 절단 부위를 흔들어댔다.

"보잖아!"

"뭐가 보이지?"

"잘린 그루터기?"

"프랭키, 사실이 보여. 잘린 이 부위는 언제나 조심하라고 나에게 알려주지. 인간은 가장 끔찍한 동물이야. 내 절단 부위를 봐!"

절단 부위를 보라는 말은 점점 더 섬뜩해졌고, 내가 교수에게 언제나 조심하겠다고 다섯 번쯤 확답한 후에야 그는 드디어 다리를 내리며 말했다. "너랑 사는 인간을 내가 알아."

"골드를?"

"그래, 리하르트 골드. 작가야. 불쌍한 놈."

"아내가 죽었어."

"나도 알아, 프랭키."

"거짓말하지 마!"

나도 모르게 그 말이 뛰쳐나왔다. 교수는 진정하라는 듯이 앞발을 들었다.

"프랭키, 신문에 실렸어. 자동차 사고였지. 큰길이 국도로 이어지는 저 아래 마을 끝에서 일어난 사고야. 내가 신문을 읽는다는 건 너도 알지? 책도 읽고 말이야."

근육질 청설모는 짜증 난 표정으로 눈을 흘겼다.

내가 대답했다. "응, 교수. 알아."

이미 여러 번 했던 대답이다.

교수는 매우 똑똑하다. 내가 아는 동물 중에 가장 똑똑한데, 아마도 신문이나 책을 읽어서 그럴 것이다. 하지만 자신이 무척 똑똑하고 글자도 읽을 줄 안다고 매번 강조하는 건 똑똑하지 않은 것 같다.

"둘은 사고로 죽었어. 아내와 아이가." 교수가 이렇게 말하고 낑낑 소리를 냈다.

"어떤 아이?" 내가 물었다.

"골드 아내는 임신 중이었어."

바람이 보리수 고목을 지나갔다. 우리는 해 질 녘 석양을 받으며 그냥 누워서 졸았다. 친구끼리는 아무것도 하지 않고 함께 이러고 있기 좋다. 가까운 곳에서 뚱보 하인츠가 나무토막을 쫓아다니느라 헐떡이는 소리가 들렸다. 마지막 햇살이 드디어 호수 너머로 내려앉자 우리는 서로 작별 인사를 했다. 근육질 청설모는 나뭇가지 사이로 사라지고, 나는 교수와 함께 큰길을 걸었다.

"골드 이야기 좀 해봐." 교수가 말했다.

"우린 대화를 많이 나눠."

"인간어로?"

"응, 다른 방법은 없잖아."

"프랭키, 너 '세 가지 황금률'을 알 텐데."

"멍청한 척할 것, 멍청한 척할 것, 멍청한 척할 것. 응, 알아! 그런데 어쩌다 보니 그렇게 돼버렸어."

"안 좋군. 이제 그는 네가 뭘 할 줄 아는지 알게 됐잖아. 골드는 수컷이야. 암컷들은 더 온화하지. 수컷에게는 누가 대장인지 바로 보여줘야 해. 골드는 몇 살이야?"

"몰라. 중년쯤?"

"그건 좋네. 젊은 인간들은 아직 너무 거칠어. 이빨은 어때?"

"거기에는 신경 쓰지 않았어."

"프랭키, 이빨은 중요해. 골드는 잘 먹어?"

"먹긴 하지. 하지만 무엇보다도 많이 마셔."

"털은 어때? 윤기가 흘러?"

"흐음, 골드는 털이 많지 않아. 머리에 조금 있어."

"그래, 수컷 중년 인간들은 털이 적지. 산책은?"

"좋아하지 않아. 쭈그리고 앉아 고민을 할 때가 많지. 구슬픈 남자고, 세상에 화가 나 있어."

"프랭키, 골드는 움직여야 해. 날씨에 상관없이 나가야지! 너희처럼 젊은 세대는 양육을 좀 다르게 한다는 걸 나도 알아. 하지만 인간에게는 명확한 지시가 필요해. 방향을 정해줘야지. 안 그러면 골드는 다른 모든 생명체에게 골칫거리가 될 거야. 그가 씻기는 해?"

"그럭저럭. 골드는 그냥…… 이상하게 행동해. 이상하게 말하고. 삶의 의미를 잃어버렸다거나 뭐 그런 말을 하지."

"프랭키, 그건 좋다. 이제 '네'가 골드에게 삶의 의미야. 그가 아직 모를 뿐이지."

그러자 나는 불현듯 엄청난 부담감을 느꼈다. 나는 지금까지 누군가에게 삶의 의미인 적이 없었다. 어쨌든 내가 아는 한은 없다. 하지만 예비지식이나 뭐 그런 게 전혀 없이 골드 같은 인간 어른에게 갑자기 삶의 의미가 되면 엄청난 책임감도 따를 것 같았다. 나는 그런 책임을 질 마음이 없다.

"난 모든 걸 조금 더 쉽게 상상했는데."

"그래, 프랭키. 인간은 일거리를 만들지. 하지만 기쁨도 가져다줘. 잘 보살핀다면 말이야. 인간은 스스로 똑똑하다고 생각하고, 우리는 인간들이 그렇게 믿도록 내버려두지. 우리의 역할을 수행하면서 비밀리에 통제하는 거야. 그러면 인간들은 편하다고 느껴. 인간이 너와 잘 지내면 너도 인간과 잘 지내게 돼. 무슨 말인지 알겠어? 프랭키, 어린 친구. 이걸 변증법이라고 해."

나는 교수에게 '변증법'이 뭔지 묻고 싶었다. 하지만 그는 울타리의 넓은 버팀대를 이미 지나 포장도로를 따라서 자기 집으로 향하는 중이었다. 걸음을 옮길 때마다 두 배로 힘겨워하며 위태롭게 몸을 더 흔들었다. 나는 그제야 그의 행동이 의도적임을 알아챘다.

교수가 앉아서 짤막하게 짖었다. 아담 씨가 문간으로 나오며 소리쳤다. "오, 바니. 우리 아기. 기다려, 나갈게!" 그리고 끙끙 신음하며 교수를 들어 올려 안고서 집으로 들어갔다. 정말이지 굉장한 한 편의 연극이었다.

교수는 완전히 변증법의 대가다.

나는 버려진 집으로 가면서, 골드의 새로운 삶의 의미가 된 지금 뭘 하는 게 좋을지, 뭘 해야 할지 고민했다. 아니면 삶의 의미가 된 지금, 그냥 세상을 계속 슬슬 걸어가면서 일이 자연스럽게 나에게 오도록 두는 편이 나을까. 고민하느라 처음에는 버려진 집 앞에 서 있는 하얀색 작은 자동차를 알아채지 못했다. 들판에 사는 참새처럼 짹짹거리는 소리가 갑자기 들리자 나는 놀라서 구역질이 났다. 덤불로 재빨리 숨으며, 무서워서 심하게 두근거리는 내 심장 소리를 누구나 들을 수 있으리라고 생각했다. 다행스럽게도 인간의 귀는 그저 긁는 용도로만 쓰일 뿐 아무짝에도 쓸모가 없다.

가방을 든 안나 코마로바가 정원에 서 있었다. 사악한 화살과 불이 붙은 듯한 물질이 떠오르고, 내 상태를 보러 들르겠다던 그녀의 말도 생각났다. 골드가 안나 옆에 서서 나를 부르는 소리가 들렸다. "프랭키! 프랭키! 손님 오셨다!"

인간들은 왜 자기들이 부르면 우리가 항상 올 거라고 생각할까?

나는 고양이 꼬리 몇 개만큼 떨어진 덤불에 누워 기다렸다. 안나 코마로바가 바로 차에 올라서 가버리고 다시는 오지 않기를 바랐지만 그런 일은 일어나지 않았다.

처음에 둘은 아무 말 없이 그저 옆에 나란히 서 있었다. 그러다가 안나 코마로바가 날씨 이야기를 꺼내고 이제 얼마나 따뜻해졌는지 말하자 골드도 날씨 이야기를 하며 따뜻해졌다고 대답했다. 그러자 안나 코마로바가 물었다. "어린 코트는 어떻게 지내요? 상처가 잘 낫는 중인가요?"

"상처요? 아, 예. 잘 낫는 것 같습니다." 골드가 대답했다.

"잘 모르세요?"

"아, 압니다. 프랭키가 직접 말했어요. '내 머리가 다 나았다고 신고함!' 이렇게 말했거든요."

"재밌기도 해라. 그래서 지금 코트는 어디 있죠?"

"외출 중이에요. 시를 한 수 지어서 무척 사랑하는 고양이에게 낭독해주려고 나갔답니다."

"점점 더 재미있군요. 혹시 취하셨나요? 이런 말을 해도 될지 모르겠지만, 술 냄새가 아주 심해요."

"이게 당신의 좋은 점이랍니다. 언제나 아주 직설적이에요. 보드카 드시겠어요?"

"괜찮아요. 근무 중이라서요."

"러시아인은 융통성이 없지 않다고 생각했는데요."

"난 키르기스인이에요."

"뭐, 그렇다고 하죠. 나에게는 모두 소련이에요."

"여기서 하루 종일 뭐 하세요?" 안나 코마로바가 물었다. "그러니까 술 마시는 것 빼고 말이에요."

"생각을 하죠. 잔디도 깎고, 고양이 사료도 사고. 하루

가 저물기를 바랍니다. 아, 물론 술도 마시고요."

"알겠어요. 실업자군요."

"아니, 실업자가 아닙니다. 작가예요."

"오, 작가님."

"무슨 뜻입니까?"

"뭐가 무슨 뜻이에요?"

"'오, 작가님.' 그 억양 말입니다. 아주 비웃는 느낌입니다."

"난 그저 '오, 작가님'이라고 말했을 뿐인데요."

"또 그러시네요!"

"세상에, 예민하기도 하셔라! 도대체 뭘 쓰시죠? 범죄소설?"

"범죄소설은 아니고, 장편소설입니다. 제대로 된 문학이지요."

"유감스럽네요. 난 범죄소설을 좋아하는데."

"범죄소설만 읽으시나요?"

"공포소설도 읽어요."

"제가 쓴 책을 한 권 드리지요. '작가님'으로서 난 교육

할 의무도 있으니까요. 어쩌면 당신 마음에 들지도 모릅니다."

"흐음, 어쩌면 마음에 들지 않을 수도 있지요. 책에서 누가 죽나요?"

"예."

"좋아요. 누가 죽지 않는 책들은 나에게 감동을 주지 않거든요. 하지만 책이 지루하면 솔직히 말할 거예요. 마음에 들지 않는 책은 끝까지 읽지도 않아요. 제목이 뭐죠?"

"예?"

"아, 책 제목이 뭐예요?"

"'에밀리와 함께한 여름'입니다."

"정말이에요?"

"마음에 안 듭니까?"

"무척 구닥다리처럼 들리네요."

"고전적이지요. 구닥다리와는 다릅니다."

"영국의 어느 시골 마을에 살면서 에그 샌드위치를 먹고, 자기처럼 에그 샌드위치를 먹고 불행하게도 영주 또는 공작을 사랑하게 된 여자들에 관해서 쓰는 노부인의 책처럼 들려요."

"흥미로운 분석이군요."

"'에밀리와 함께한 피비린내 나는 여름'이었더라면 분명히 더 잘 팔렸을 거예요. 아니면 최소한 '에밀리 사건'이나."

"다음에는 미리 여쭤보겠습니다."

"그렇게 하세요. 아, 잊어버리기 전에 말씀드려야겠네요. 어린 코트를 데려갈 사람을 찾았어요."

"사람을 찾다니요?"

"코트를 입양할 친절한 가족이에요. 당신이 코트를 반드시 내보내겠다고 하셨잖아요."

"내가 그랬던가요? 기억이 안 납니다."

"작가님치고는 놀랄 만큼 기억력이 나쁘군요."

"프랭키는 나와 함께 여기 있을 겁니다. 그 고양이에게는 내가 필요해요."

"물론이죠. 코트에게는 당신이 필요하겠지요."

"뭐가 그렇게 우습죠?"

"아니에요. 아무것도 아니라고요. 하지만 내 생각에는

아마 거꾸로인 것 같아요."

"말도 안 되는 소리."

"있잖아요. 난 여기서 어린 코트를 15분쯤 더 기다렸다가 상처를 확인하고 싶어요. 어쩌면 나타날지도 모르지요. 괜찮을까요?"

"아니요."

"아니라고요?"

"나랑 보드카를 같이 마셔야만 괜찮습니다."

"어휴, 아주 형편없는 인간이군요."

"예, 나도 압니다."

골드가 집에 들어가 병과 잔 두 개를 가지고 나왔다. 잔이 부딪치는 소리가 들리고 둘은 대화를 이어갔다. 그러다가 골드가 다시 의자 두 개를 가지고 나왔고, 둘은 계속 이야기를 나누고 또 나눴다. 안나 코마로바가 몇 번 웃음을 터뜨렸고, 둘은 이야기를 나누고 또 나누고 또 나눴다.

거의 견디기 힘들 정도였다.

아무도 나를 부르지 않았다. 부른다고 내가 가지는 않

겠지만, 그래도 누군가 가끔 불러주면 좋을 텐데.

나는 큰길로 살금살금 나가며 골드의 말을 생각했다. '프랭키는 여기 있을 겁니다.' 무진장 기뻤다. 그러니까 골드는 나에게 좋은 감정이 좀 있는 거로군. 그렇지?

어디로 가야 할지 몰라서 호수로 내려가 물가의 자그마한 빈자리에 앉았다. 호숫가에서 사람들 소리가 들려왔다. 거의 모든 말이 다 들렸고, 호수 건너편의 말까지 알아들을 수 있었다. 밤에 물 위로 소리가 얼마나 잘 퍼지는지 놀랄 정도였다. 호수에 보트 두 대가 떠다녔는데 한 대가 내 옆을 바짝 붙어 지나갔다. 보트에 앉아 있으면 틀림없이 기분이 이상하겠지. 아래에는 검은 물뿐이고, 물고기들 머리 위에서 움직이는 거니까.

그러다가 호수를 떠나 쓰레기 언덕으로 향했다. 어둡고 텅 빈 세상을 걸어갔다. 나는 위에 걸려 있는 반달에게 말했다. "안녕, 달아. 너도 점점 뚱뚱해지는구나. 하지만 오랜 친구, 네가 거기 있어서 좋아." 박쥐가 쉬익 소리를 내며 밤을 가로지르고 고슴도치가 가쁜 숨을 내쉬었다. 너구리 똥 냄새, 먼지 낀 여름 옥수수밭 냄새가 풍겨왔다. 나는 푸시넬카 슈누릴렌코가 지금 창가에 앉아 있을까, 나는 왜 이렇게 겁쟁이로 태어났을까 생각했다. 너무나 마음이 아팠다.

언덕 꼭대기에서 낡은 욕조 밑으로 들어가 몸을 둥글게 말고, 꿈을 꿀 때까지 달빛을 쳐다봤다. 대부분의 꿈은 허튼소리다. 꿈은 이해하기 힘들다. 이해하지 못하는 꿈을 누군가에게 이야기하면 항상 꼴이 우스워진다. 그래서 나는 누구에게도 꿈 이야기를 하지 않는다.

하지만 나는 할리우드 꿈을 꾸었다. 여러분도 분명 인간들이 자주 하는 이 말을 알 것이다. '꿈은 이루어진다.'

11
할리우드

내가 다시 버려진 집으로 갔을 때 갑자기 변화가 생겼다. 갑작스러운 변화가 늘 그렇듯이 처음에는 도대체 왜 변화가 생겼는지 이해하지 못하고 내내 놀라기만 한다. 하지만 순서대로 이야기하겠다.

안나 코마로바가 왔던 기이한 저녁 이후 한번은 골드가 노래 한 곡을 휘파람으로 불었다. 어떤 노래였는지는 묻지 마시길. 중요하지 않다. 하지만 나는 부엌에 서서 휘파람을 부는 그를 그저 놀라서 빤히 보고 있을 수밖에 없었다. 또 어느 날은 커튼을 다 걷어 버려진 집으로 빛이

172

쏟아져 들어왔다. 나는 눈이 부셔서 정신없이 눈을 깜박였다. 골드는 악취를 풍기는 냄비를 모두 치웠고, 또 오랫동안 전화로 누군가와(누군지 묻지는 마시길. 그가 말해주지 않았다) 통화도 했는데, 늘 하던 욕도 하지 않고 상당히 싹싹하게 말했다. 하지만 어느 날 아침 그가 구슬픈 목욕가운을 더는 걸치지 않고 평범한 인간들이 입는 옷을 입었을 때 나는 정말이지 무진장 놀랐다. 내가 무슨 말을 하는지 여러분은 알 것이다. 예전의 그 골드를 하마터면 못 알아볼 뻔했다. 하지만 진짜 중요한 사실은 지금부터다! 이렇듯 갑작스럽게 벌어지는 많은 변화에 내가 그저 놀라기만 하던 어느 날, 그가 말했다. "프랭키, 차에 타. 할리우드로 가자."

나는 당연히 차에 타지 않았다. 그가 허튼소리를 한다고 생각했기 때문이다. 게다가 다시는 차를 타고 싶지 않기도 했다. 하지만 골드는 고집을 부리며 우리가 이제 할리우드로 갈 거라고 말했다. '캐스팅'인지 뭔지를 하러 간다고 했다.

"현실주의는 어디다 버렸어?" 내가 물었다.

"그게 무슨 소리야?"

"며칠 전에 나더러 할리우드는 잊어버리는 게 좋다고 했잖아. 내가 '평범한 길고양이'라면서 말이야. 그런데 이제 갑자기 할리우드인가 뭔가로 가자고?"

"프랭키, 난 그저 너에게 호의를 베풀려는 거야. 소풍을 가자고. 알았어? 너를 실망시키려던 게 아니야. 정말 미안해. 하지만 네가 영화배우가 된다는 건 현실적이지 않아. 아주, 아주, 아주 비현실적이지."

'영화배우'라는 단어를 듣자 나는 차에 올라탔다. 뭔가를 믿고 머릿속에서 상상할 수 있는 한 그 일은 현실적이라고 생각하기 때문이다. 어쨌든 내 생각은 그렇다. 나는 할리우드를 엄청나게 잘 상상할 수 있다. 그곳에서 손을 흔들며 환호성을 지르는 사람들에게서 환영받는 내 모습을. 그들은 이렇게 말한다. "어이, 프랭키! 너 드디어 왔구나! 여행은 어땠어? 있잖아, 일단 뭘 좀 먹고 쉬어. 그러면 너는 영화배우가 될 거야. 아주 쉬워. 어때?" 그러면 나는 이렇게 대답한다. "친구 여러분, 진짜 좋아."

우리는 풀밭과 경작지를 지났다. 뒤를 돌아보니 마을이 사라지고 없었다. 얼마나 달렸는지는 모르겠다. 하지만 한 가지는 확실하다. 할리우드로 가려면 하늘을 날거나 배를 타고 대양을 건너지 않아도 된다. 사정은 이랬다. 우리는 동물용품 가게까지 간 다음 왼쪽으로, 다시 오른쪽으로, 그리고 직진하다가 다시 오른쪽으로 갔다. 골드는 할리우드 주소가 적힌 작은 종이쪽지를 들여다봤다.

그러다가 우리 앞에 산이 나타났다. 우리는 곧장 그곳으로 향했다. 가까이 가서 보니 산이 아니라 거대한 탑과 한없이 높은 건물들이었다. 땅에서 솟구쳐 오른 그 탑과 건물들은 죄다 똑같아 보였다. 정말 완벽하게 똑같았다. 얼룩말 무리처럼 보였다.

"여기가 도시야." 골드가 말했다.

제일 높은 탑은 머리에 가시가 있고 그 가시가 구름을 찔렀는데, 이런 광경을 처음 보는 나는 나 자신이 갑자기 아주 작게 느껴졌다. 벼룩이 스스로 느끼는 것보다 더 작은 것 같았다. "여기가 도시야." 나는 나지막하게 야옹거리며 자동차 좌석 깊이 몸을 묻었다. 머리에 가시를 얹은 탑 옆의 높은 건물에 반짝이는 글자들이 붙어 있었다. 크고 빨간 글자였다. 우리는 그 건물로 들어갈 예정이었다.

"저기 뭐라고 쓰여 있어?" 내가 묻자 골드가 대답했다.

"해피 캣."

건물 앞에 도로가 있고 우린 걸어서 도로를 건너야 했다. 나는 절대 건너지 못할 거라고 생각했다. 자동차와 사람이 너무 많았다. 그 도시에서는 다들 어디론가 달려가고 있었다. 이유를 도무지 알 수 없었다. 두려움 때문인지, 배가 고파서인지, 아니면 지금 사냥 중인지. 모두 작은 전화기로 통화 중이었다. 인간은 작은 전화기가 부르자마자 그 작은 전화기와 이야기를 해야 한다. 작은 전화기가 모든 것을 통제하니 어쩔 수 없다. 인간은 강아지처럼 그것에 복종해야 한다. 앞발에 음식을 들고 있는 인간도 많았다. 빵과 소시지 등등이었다. 그들은 달리면서 음식을 먹었다. 음식을 안전한 곳에 가져다두기 전에 다른 인간이 빼앗을까 봐 불안하기 때문이다. 그것 참 현명한 행동이군!

골드는 나를 어깨에 얹고 도로를 건너 반짝이는 글자

가 붙어 있는 건물로 들어갔다.

"우리 이제 할리우드에 온 거야?" 로비에 섰을 때 내가 물었다. "말하자면 그렇지." 골드가 대답했다. 온통 새까만 옷을 입은 나이 든 어떤 남자가 우리에게 와서 말했다. "캐스팅 오디션에 오셨나요? 승강기를 타고 지하 2층으로 가세요."

우리는 두더지처럼 지하로 내려갔다. 하지만 이곳은 두더지 집이랑 달랐다. 나는 그라봅스키라는 두더지를 알고 있는데, 그 집은 사방이 완전히 어둡다. 언젠가 들여다본 적이 있다. 그곳은 사실 오래된 지렁이와 달팽이가 나뒹구는 굴에 불과하다. 안락함이라고는 없다. 두더지는 안락함이 뭔지, 어떻게 하면 편하게 사는지 모른다. 내 의견을 묻는다면 그들은 무척 가련한 짐승이다.

'지하 2층'이라는 곳에서 승강기 문이 열리자 사방에 고양이가 보였다. 로비 전체에 암고양이와 수고양이들이 가득했다. 그들은 인간과 함께 의자에 앉아 있거나 어딘가에 줄을 서 있거나 줄에 묶인 채 돌아다니거나 케이지 격자 너머로 바깥을 쏘아보고 있었다. 나는 어떤 여자와 남자가 앉아 있는 긴 탁자로 향하는 골드를 뒤따라 갔다. 할리우드에서 일하는 직원 같았다. 여자의 앞발톱은 뾰족하고 빨갛고, 남자는 머리에 털이 없었다. 골드는 작은 쪽지를 꺼내 들고 말했다. "이걸 읽어보니, 광고 영상 제작을 위해 고양이를 찾으신다고요? 이쪽은 프랭키입니다. 얘가 최고예요." 그 말이 사실이긴 하지만, 골드가 그렇게 말하는 걸 들으니 정말 싹싹하다는 생각이 들었다.

탁자 뒤편의 두 사람이 나를 빤히 바라봤다. 그러더니 골드를 봤고, 머리에 털이 없는 사람이 나를 가리키며 골드에게 물었다. "'이건' 뭡니까?"

"예?" 골드가 되물었다.

"아, 이 부스스한 것 말입니다. 혹시 길에서 발견하셨나요?"

"길거리는 아니고요. 설명하자면 깁니다."

"'이게' 도대체 뭐죠?"

"수고양이입니다. 보면 모릅니까?"

"예, 그런데 혈통이 뭔가요?"

178

"혈통? 모릅니다. 혈통이 중요한가요?"

"당연히 중요하지요. 주변을 둘러보십시오." 남자가 이 렇게 말하고 로비를 가리켰다. "저 뒤에는 순종 샴고양이 가, 그리고 저쪽에는 이집션마우, 이쪽에는 페르시안 친 칠라가 있습니다. 그리고 저 건너편에는 버마고양이와 러 시안블루, 메인쿤과 눈부시게 아름다운 터키시반이 있 고요."

"터키시반?" 골드가 웃음을 터뜨렸다. "밴이라면 압니 다. 바닥이 낮고, 타이어 폭이 넓고, 배기관은 크롬이고?"

남자는 웃지 않았다.

"당신의 고양이는……."

"프랭키입니다."

"평범한 집고양이로 보입니다. 어떤 피가 섞였는지 누 가 알겠어요."

"그래서요?"

"우린 스타를 찾는 중입니다. 골칫덩어리를 찾는 게 아 니라."

"현란한 골칫덩어리라고 말하는 편이 낫겠군." 탁자 뒤편에 함께 앉아 있던, 앞발톱이 새빨간 여자가 말했다.

남자가 헛기침을 하고 골드에게 말했다. "이것 보세요. 당신 고양이는 음…… 흥미로운 동물이긴 합니다. 현란한 골칫덩어리겠지요. 하지만 너무 평범합니다. 그래요, 못생긴 쪽에 가깝죠. 지금 여기는 사료 분야 1등 제품인 '해피 캣 소스 잔치' 캐스팅 오디션입니다. 우린 '해피 캣 소스 잔치의 새 얼굴'을 찾고 있고요!"

"프랭키 얼굴이 소스 잔치에 어울리지 않습니까? 프랭키는 소스를 좋아해요."

"왼쪽 귀는 어떻게 된 겁니까?" 남자가 물었다. "뭉텅 잘렸잖아요. 우린 다치고 물린 동물은 받지 않아요. 아이고, 세상에!"

"하지만 달리 생각할 수도 있어." 탁자 뒤편에 함께 있던 여자가 나를 빤히 보며 말했다. "미친 소리로 들릴지도 모르겠지만 말이야. 왠지 모르게 '진짜' 같잖아."

"진짜라고?" 남자가 물었다.

"으음, 뭐랄까. 이 고양이는 저속한 이질성을 발산해. 게다가 귀도 절반밖에 없고. 음…… 다양성을 보여주잖아.

안 그래?"

"그러니까 골칫덩어리라는 의미에서의 다양성을 말하는 거지?"

"현란한 골칫덩어리. 그래, 맞아." 여자가 대답했다. "우리가 올바른 서사만 고른다면 괜찮을 것 같아. 이런 식이지. '여기 수백만 마리의 다른 고양이들과 똑같아 보이는 고양이가 있습니다. 길고양이지요. 구슬픈 잡종 신세입니다. 귀도 절반밖에 없어 세상을 거의 듣지 못하고 방향도 제대로 잡지 못하며, 늘 따돌림당합니다. 하지만 인정받고 사랑을 얻기 위해 포기하지 않고 싸웁니다!' 최신 유행에 딱 맞잖아. '해피 캣 소스 잔치, 우리는 모든! 고양이를 사랑합니다.' 혹시 다른 장애도 있나요?"

"프랭키는 장애가 없어요!" 골드가 대답했다.

"물론 없겠지요." 앞발톱이 새빨간 여자가 말했다. 그러더니 내 사진을 찍고 커다란 종이에 뭔가 적어서 골드에게 주며 말했다. "'해피 캣 소스 잔치' 캐스팅 오디션에 오신 것을 환영합니다."

나는 할리우드 사람들이 하는 말을 다 이해하지는 못했다. 어쩌면 절반쯤 이해했을 것이다. 아니면 절반의 절반을.

"도대체 캐스팅이 뭐야?" 내가 골드에게 물었다.

"흐음, 네가 그 역할에 적합한지 보는 거야."

"내가 적합해? 그 사람들이 나를 못생겼다고 했어."

"프랭키, 넌 못생기지 않았어. 어쩌면 아주 조금 못생겼을 수도 있지. 하지만 카리스마가 있어."

여러분이 믿든 말든 이제 한 가지 사실을 말해야겠다. 나는 내 외모가 어떤지 생각해본 적이 없다. 다른 동물들이 아름다운지 못생겼는지 생각해본 적도 없다. 푸시넬카 슈누릴렌코는 예외다. 그녀는 이 세상 고양이가 아니니까. 물론 멍청하고 나쁜 동물들도 많다. 예를 들면 너구리가 그렇다. 하지만 그들이 못생겼는지는 내가 판단할 수 없다. 나쁜 놈들이라는 것만 안다. 무슨 말인지 이해하나?

인간은 다르다. 그들은 누구 외모가 어떤지, 그 사람의 직업이 뭔지 계속 이야기한다. 그게 아주 큰 역할을 한다. 어이, 프랭키. 너 못생겼어! 어이, 프랭키. 너는 잡종이야! 어이, 프랭키. 넌 장애가 있어! 인간은 누군가의 나이도 늘 알려고 하고 거기에 대해 한없이 이야기한다. 나이는 아무 상관이 없는데도. 누군가 거기 있다는 사실이 중요하지 않은가.

여러분, 살면서 세상을 좀 봤다 하는 수고양이의 조언을 듣고 싶은가? 조금 더 현명해져서 내 말을 믿으라. 세상에는 나쁜 놈과 나쁘지 않은 놈이 있다. 그걸로 끝이다. 하지만 나쁜 놈과 나쁘지 않은 놈을 구별하는 일은 어려울 때가 많다. 그러니 엄청나게 똑똑하다는 인간 여러분은 차라리 이 일에 대해 고민하는 편이 낫다.

이렇게 많은 것을 생각하고 인류에게 훌륭한 조언을 했더니 배가 고파졌다.

"먹을 거 있어?" 나는 골드에게 물었다.

"프랭키, 미안하다."

"할리우드에 오면 먹이를 얻게 될 줄 알았는데?"

"할리우드에서는 오히려 덜 먹지." 골드가 대답했다.

나는 먹이를 찾아 로비를 터덜터덜 돌아다녔다. 그리

고 캐스팅도 한없이 기다려야 하기도 했다. 여러분이 할리우드로 온다면 먹이와 장난감 또는 할리우드 영화를 가지고 오라. 안 그러면 지루해서 견디지 못할 테니까.

"어이, 아가야. 쉿! 여기야! 이쪽으로 와봐!"

나는 처음에 누가 말하는지 몰랐다. 그러다가 고양이 꼬리 몇 개만큼 떨어진 거리에서 어떤 고양이가 나에게 눈짓을 하며 앞발을 들고 쉿쉿 소리를 낸다는 걸 알게 됐다. "쉿! 아가야, 이리 와봐!" 그래서 그 고양이에게 갔다. 할리우드에서 누군가를 알아두면 좋을 것 같다고 생각했으니까. 고양이는 엄청나게 큰 바구니에 누워 있었다. 바구니 앞에는 격자가 달려 있었는데, 고양이가 격자 사이로 앞발을 내밀었다.

"어이, 아가야. 쉿! 너, 가지고 있어?"

"뭘?"

"가지고 있는지 묻잖아. 이리 와. 내 앞발에 놓아줘."

"내가 뭘 가지고 있어야 하는데?"

"바보처럼 굴지 말고 이 늙은 귀부인에게 좀 나눠줘."

"난 아무것도 없어! 당신은 뭐 없어? 나 배고파."

"아, 그러지 마! 많이 줄 필요도 없어. 그저 조금만 줘. 좋은 물건 말이야."

"좋은 물건?"

"아, 빌어먹을! 너 진짜 가진 게 없구나. 그렇지? 난 왜 항상 이상한 녀석들에게 말을 걸게 될까. 예전에는 제대로 된 놈들에게 말을 걸었는데. 예전에! 다들 나에게 미쳤더랬지."

"난 프랭키야." 무슨 말을 해야 할지 몰라서 내가 이렇게 말했다.

"나는 비앙카 폰 호젠발데-볼펜슈타인이야. 너는 프랭키라고? 그냥 프랭키?"

"프랭키…… 폰 뮐베르크.*" 내가 대답했다.

"좋아, 프랭키 폰 뮐베르크. 여기 처음이야? 그런 것 같네."

"응, 방금 할리우드에 도착했지."

---

* 독일어로 쓰레기 언덕.

"'할리우드'에? 흠, 그렇겠지. 아가야, 여기 일이 어떤 식으로 진행되는지 알기는 해?"

"으음, 난 영화배우가 되려고 해. 사랑 때문에 말이야."

"낭만주의자로군. 아이고, 귀여워라."

그리고 그 고양이는 나를 빤히 노려봤다. 짙은 색 얼굴에서 극도로 새파랗게 반짝이는 가느다란 눈으로 쏘아보는 탓에 나는 아주 불쾌해졌다. 정말 섬뜩했다. 비앙카 폰 호젠발데-볼펜슈타인과 같은 고양이는 지금까지 본 적이 없다.

"아가야, 나를 잡는 게 제일 좋아. 나는 여기서 스타거든. 나이 든 비앙카가 너를 돌봐줄 테니까. 알았지?"

"당신은 '혈통'이 있어?" 내가 물었다. 그 단어를 조금 전에 인간들에게서 들었기 때문이다.

"아가야, 당연히 있지. 순종 샴고양이야. 너는? 너는 뭐야?"

"나? 나는 장애가 있어. 다양성을 보여주기도 하고."

"어머, 프랭키 폰 밀베르크. 너 재밌구나. 네가 좋다."

"혈통이 있으면 어때? 정말 알고 싶어서 그래. 그리고 약간 부럽기도 하고."

"외로워." 비앙카가 대답했다.

"외롭다고?"

"나는 샴고양이들만 만나. 그것도 가끔. 인간들이 다른 만남은 금지했어."

"종차별주의자들인가?"

"당연히 종차별주의자들이지. 하지만 스스로 브리더라고 불러."

"브리더, 우와."

그렇게 나는 유명한 순종 샴고양이 비앙카 폰 호젠발데−볼펜슈타인을 만나게 됐다. 여러분도 아마 그 고양이에 대해 들어봤을 것이다. 이런저런 할리우드 영화에 출연했으니까. "그러다가 젊은 메인쿤 암고양이가 나타나서 엉덩이를 세 번 흔들어대자 나는 곧장 뒤로 밀려났지. 아가야, 여긴 그런 곳이야. 경쟁이 심해서 성공하기 힘든 곳. 하지만 너는 운이 좋아. 나를 만났으니 말이야. 착한 비앙카 노부인이 너를 도와줄게." 비앙카는 정말 친절했다. 나는 캐스팅에서 정확하게 뭘 해야 하는지도 몰랐다.

"아가야, 잘 들어. 내가 몇 가지 조언을 해줄게. 스타의 큰 비밀도 알려주지. 그걸 알면 너는 제일 꼭대기까지 올라갈 수 있어. 비밀을 알고 싶니?"

나는 고개를 끄덕였다.

"당연히 알고 싶겠지. 하지만 그걸 알려면 이 노부인의 소소한 부탁을 들어줘야 해. 저기 뒤쪽 구석에 검은 개가 보이지?"

거기 정말 검은 개가 앉아 있었다. 전혀 눈에 띄지 않던 개였다. 내가 타고 지하 2층으로 내려온 승강기 문 근처 그늘에 눈에 띄지 않게 앉아 있었다.

"그에게 가서 나이 든 비앙카를 위해 좋은 물건이 조금 필요하다고 말해줘. 나를 위해 그렇게 해줄 수 있어?"

나는 고개를 끄덕이고서 물었다.

"그의 종이 뭐야?"

"아프간하운드."

"검은 아프간하운드?"

"맞아."

"이름도 있어?"

“딜러.”

“딜러? 그게 이름이라고?”

“그래. 이제 얼른 가봐!”

12
브로

나는 로비를 가로질러 가면서, 할리우드의 비밀을 알기만 하면 만사 오케이일 거라고 생각했다. '프랭키, 넌 행운아야!'

그런데 가까이 갈수록 딜러라고 불리는 검은 아프간하운드가 점점 더 커지는 게 문제였다. 그의 앞에 가서 서니 나보다 세 배에서 여섯 배는 더 커서 갑자기 나는 다리가 떨렸고, 말을 걸 때는 아주 새된 목소리가 나왔다.

"어이, 아프간하운드. 잘 지내? 나는……."

"브로, 더 크게 말해. 빌어먹을."

"나는…… 좋은 물건을 가지러 왔어. 내 친구 비앙카를 위해서 말이야." 딜러는 나를 빤히 내려다봤다. 아무 말도 없이 일단 자기 엉덩이만 핥았다. 나는 인내심을 가지고 기다렸다.

여러분이 혹시 검은 아프간하운드와 만난 적이 있는지 모르겠다. 아프간하운드에게는 사실 털만 있다. 딜러의 털은 얼굴에도 늘어져 있어서 눈이 거의 보이지 않았다. 가운데 가르마를 탔는데, 그 사이에 뾰족한 주둥이가 튀어나와 있었다.

"브로, 얼마나 필요해?" 딜러가 물었다.

"나는 프랭키야. 브로가 아니라." 좋은 정보라고 생각해서 나는 이렇게 알려줬다.

"알았어, 프랭키 브로. 자, 얼마나 필요해?"

"뭐가 얼마나 필요하다는 거지?"

"브로, 좋은 물건 말이야."

이제 또 다른 문제가 생겼다. 얼마나라니? 그 물건이 뭔지조차 모르는데? 도대체 그 '좋은 물건'이라는 게 뭐야?

"1……인분?"

191

"좋아, 브로. 나에게는 뭘 줄 거야?" 딜러가 물었다.

"나? 없어. 비앙카가 그냥 가지고만 오랬어."

"그러니까 내 좋은 물건을 가져가면서 나에게는 아무 것도 주지 않겠다고? 내가 제대로 이해한 건가?"

딜러의 목소리가 위협적으로 울렸다.

"내가 뭘 줘야 해?"

"닭고기로 만든 개껌이 일반적인 가격이야. 치킨 스틱도 받아. 아니면 토끼 목뼈도. 브로, 어때?"

나는 고개를 저었다. 딜러는 뾰족한 주둥이를 내 귀에 바짝 대고 속삭였다. "네가 나에게 줄 게 없다면 나도 너에게 줄 게 없어. 이제 꺼져!"

정말? 내가 왜 거기 그냥 앉아 있었는지 모르겠다. 너무 무서웠다. 엄청나게 절망하기도 했다. 이런 절망 속에서도 나는 용기를 모두 그러모아, 유감스럽게도 꺼질 수 없다고 딜러에게 말했다. 좋은 물건 없이는 꺼질 수 없다고. 스타의 비밀을 알아내려면 그게 반드시 필요하니까.

그러고는 푸시넬카 슈누릴렌코 이야기를 했다. 달빛을 받으며 그녀를 위해 시를 짓고, 그리움에 말도 못 하고 한없이 그 집 창문 앞에 앉아 있던 이야기, 할리우드가 그녀의 마음을 얻기 위한 유일한 기회라는 이야기를 했다. 딜러 당신도 사랑에 빠진 적이 있을 테니 심장이 찢어지는 느낌이 어떤지 알고 있을 거라고, 그저 낡은 욕조 아래에서 사랑의 번민 때문에 나지막하게 울먹이며 삶이 밤의 숲처럼 어둡게 느껴지는 날들이 있다는 걸 알 거라고.

내 위에서 갑자기 코를 훌쩍이는 소리가 들려왔다. 딜러의 주둥이에 매달린 반짝이는 커다란 눈물방울이 내 눈에 들어왔다. 주둥이 제일 앞부분에 걸려 있었다. 내가 본 중에 가장 큰 그 눈물방울은 산딸기만 했다. 커다란 개는 눈물방울도 클 테니 당연하긴 했다. 어쨌든 알고 보니 아프간하운드는 성격이 극도로 민감한 녀석이었다. 딜러는 산딸기만 한 눈물을 털이 푹 젖도록 뚝뚝 떨어뜨렸고, 자기가 들은 이야기 중 내 이야기가 가장 멍청하면서도 가장 감동적이었다고 코를 훌쩍이며 말했다.

나: "정말?"

딜러: "이봐, 브로. 나 완전히 끝장났다. 감정적으로 말

이야. 우와! 〈타이타닉〉보다 더 눈물겹네."

딜러는 자기도 예전에 아프가니스탄에서 아프간하운
드로 살 때 중증 사랑에 빠진 적이 있지만 안타깝게도
'종교적인 이유'로 이루어지지 못했다고 했다. 시아파와
수니파와 백운석이 문제였다는데, 이들은 어째서인지 서
로 잘 지내지 못했다. 딜러가 이미 죽어라 흐느꼈기 때문
에 나는 더 자세히 묻지 않았다.

"그런데 너 좋은 물건이 뭔지 정말로 몰라?"

"딜러, 전혀 몰라."

"브로, 너 아는 게 많지 않구나."

"나도 알아. 시골 출신이거든."

딜러는 엉덩이를 슬쩍 들었다. 나는 그가 또 한없이 엉
덩이를 핥을 거라고 생각했다. 하지만 그가 엉덩이를 한
껏 쳐들자 털 밑에 감춰진 작고 투명한 자루들이 보였고
딜러는 그중 하나를 나에게 앞발로 밀어줬다.

"이게 그 좋다는 물건이야?"

말린 풀처럼 보였다.

"개박하야. 최고 품질이지. 다른 것과 섞지 않은 순수

한 물건이야." 딜러가 말했다. 개박하에 대해서는 나도 들은 적이 있다. 고양이들을 미치게 만든다고 했다.

"이걸 받고도 나는 줄 게 없는걸."

"아주 오랜만에 그렇게 울어봤어. 그걸로 충분해. 브로, 정말 즐거웠다. 우리가 왜 '검은' 아프간하운드라고 불리는지 알아? 극단적인 우울증 환자들이기 때문이야. 이제 좀 꺼져줄래? 부탁해."

나는 작은 자루를 주둥이에 물고 천천히 돌아왔다. 나 자신이 성공적으로 사냥을 마치고 돌아오는 맹수처럼 느껴졌다. 사자처럼 용맹한 프랭키! 나는 당연히 딜러와의 사이에서 벌어진 모험을 비앙카에게 낱낱이 설명하려고 했다. 하지만 비앙카는 조금도 들으려 하지 않았다. "아가야, 떠들지 말고 좋은 물건을 이리 내놔. 얼른 달라고!"

그러고는 발톱으로 탐욕스럽게 자루를 찢더니 코로 흠뻑 냄새를 맡고는 주둥이를 쑥 집어넣었다. 그런 다음 등을 대고 누워서 거칠게 이리저리 몸을 흔들었다. 계속, 계속 그렇게 했다. 정말 섬뜩했다.

"어이." 나는 조심스럽게 말을 걸었다. "비앙카, 당신이 알려주려던 스타의 비밀은? 기억나?"

뒹굴던 비앙카가 움직임을 잠시 멈추고 나를 노려봤다. 파란 눈동자가 차갑고 딱딱했다. "스타의 비밀이라, 응? 좋아. 말해주지. '할리우드에서는 모르는 고양이를 절대 믿지 말 것.' 멍청한 놈아, 이제 꺼져! 얼른 꺼지라고!"

나는 텅 비고 당황스러운 마음으로 로비를 가로질러 구석에 가서 쭈그리고 앉았다. 거짓말 때문에 그러는 건 아니었다. 비앙카의 말이 완벽하게 옳다는 점이 가장 끔찍했다. 나는 멍청한 바보였다. 좋게 들리면 다 믿어버리는 바보. 누구든 자신이 멍청한 바보라고 느끼면 멀리 달아나거나 숲속 깊은 구멍에 뛰어들고 싶어진다. 지금 내가 그랬다. 내가 속한 시골로 돌아가고 싶었다. 좋은 친구들에게로, 설령 다리가 세 개뿐이라 해도. 백일몽은 이제 그만. 여기 할리우드에서 멍청한 바보를 원할 것 같지는 않으니까. 어딘가에 "영화배우가 되고 싶은가요? 멍청한 바보라면 언제든 환영합니다!"라고 쓰여 있는 안내판이 있는 것도 아니고.

문제가 하나 있었다. 딜러를 찾아가는 바람에 이 혼잡한 곳에서 골드를 잃어버린 것이다. 그의 흔적이 전혀 없었다. 또 다른 문제는 엄청나게 배가 고파서 다리가 축축 늘어진다는 사실이었다. 또또 다른 문제는 이런 문제들 때문에 내가 점점 더 절망하게 되었다는 점이다. 안타깝게도 문제란 대개 이렇다. 한 문제가 생기면 다른 문제가 바로 따라온다. 토끼처럼 늘어난다. 아무것도 할 수 없다.

나는 조금 전에 빨간 앞발톱의 여자와 머리에 털이 없는 남자가 앉아 있던 탁자 옆에 쪼그리고 앉아 골드를 기다렸다. 스스로 '프랭키, 조금 똑똑하게 굴어봐'라고 생각했기 때문이다. 마지막으로 만난 곳에서 기다리는 것이 똑똑한 행동이다. 하지만 골드는 나타나지 않았다. 얼마 지나지 않아 엄청나게 배가 고플 뿐 아니라 목도 말랐다. 나는 무진장 절망했고, 엉덩이를 붙이고 앉아 점점 미쳐가는 이런 기다림이 더는 현명하게 생각되지도 않았다. 그러던 내 눈에 뭔가가 들어왔다. 탁자 옆에 큰 문이 하나 있었는데, 그곳으로 고양이들이 인간과 들어갔다가 잠시 후에 다시 나왔다. 인간들이 고양이에게 이런 말을 했다. "재클린, 정말 잘했어!" 또는 "페터, 왜 그렇게 흥분했지?" 또는 "루치, 적어도 맛있는 척할 수는 있었잖아!" 나는 그 모습을 한동안 지켜봤다. 흘낏 엿보고 귀를 기울였다. 그러다가 또 누군가 나오고 문이 잠깐 열려 있는 틈을 타서 재빨리 슬쩍 들어갔다.

알고 보니 문 뒤편은 어떤 방이었다. 몇몇 사람들이 앉아 있었다. 앞발톱이 빨간 여자와 머리에 털이 없는 남자도 거기 있었다. 막대기에 걸린 작은 태양도 몇 개 보였다. 이 태양들이 엄청난 빛을 내뿜어 눈이 부셨다. 하지만 골드는 이곳에 없었다.

다시 살그머니 나오려는데 갑자기 어떤 냄새가 풍겼다. 코를 넓게 벌름거리며 냄새를 맡았다. 뭔가 보였다. 친구 여러분, 아마 믿지 못할 것이다! 처음에 나는 이것 역시 할리우드의 못된 장난일 거라 생각했다. 내가 아무리 멍청한 바보라고 해도 살면서 있을 수 없는 일도 많다는 건 안다. 예를 들어 뚱뚱한 쥐가 자기 머리를 내 주둥이에 넣어주며 "사랑하는 프랭키, 맛있게 먹어"라고 말하는 일은 없다.

또는 늑대 무리가 나에게 와서 "무자비한 프랭키, 우린 네가 무진장 현명하고 매력적이라고 생각해. 그러니 당장 우리의 대장 늑대가 되어줘"라고 말하는 일도 없다.

또는 내가 숲을 지나가다가 교수의 네 번째 다리를 발견하고는 침을 발라 예전에 있던 자리에 붙였는데 딱 달라붙었다든가!

이런 모든 일은 일어나지 않는다.

하지만 지금 나는 할리우드에서 이런 일이 있다는 것을 보고 냄새도 맡았다. 사료가 가득 담긴 그릇이 거기 있었다. 하늘에서 뚝 떨어진 것처럼 그냥 거기 놓여 있었다. 누군가 제일 위에 채소도 한 줄기 올려뒀는데, 그러지 않았더라면 좋았겠지만 어쨌든 매력적으로 보이기는 했다.

나는 인간들이 눈치채지 못하게 엉덩이를 바닥에 바짝 붙이고 살금살금 사료 그릇으로 다가갔다. 배가 너무

나 고파서 미친 듯이 먹었다. 사료 그릇을 향해 똑바로 빛을 내뿜는 태양들이 유일하게 약간 거슬렸다. 여러분이 지금 '프랭키, 그거 진짜 웃기는 이야기네'라고 생각한다면 더 웃기는 이야기가 있다. 상황은 이랬다. 갑자기 인간들이 반응을 보인 것이다. 그들은 이렇게 말했다. "제인, 이 고양이 누구야? 얼른 목록 좀 봐." 또는 "톰, 찍었어? 카메라 돌아가고 있지? 반드시 클로즈업도 해!" 또는 "우와, 그냥 여기로 들어와서 바로 먹네! 마치 저게 정말 맛있다는 듯이." 또는 "저렇게 잘 먹는 모습을 좀 봐!" 또는 "무진장 '자연스럽게' 먹는다. 안 그래?" 또는 "그래, 포즈가 엄청나게 '자연스러워!'" 그러니까 그들이 좋아하는 단어는 '자연스럽다'였다.

커다란 상자를 어깨에 걸친 어떤 인간이 나에게 다가왔다. 나는 곧장 하악질을 했다. 온 힘을 다해 목청껏. 식사 중에 방해받는 걸 견디지 못하기 때문이다. 그건 무례한 짓이다. 그런 다음 소스가 약간 묻어 있는 주둥이를 핥았다. "봤어? 세상에! 이 고양이, 카메라를 제대로 가지고 노네! 제인, 목록에서 고양이 이름 찾았어?"

이런 식으로 계속됐다. 그러다가 내 뒤에서 귀에 익은 목소리가 울렸다. "프랭키! 여기 숨어 있었구나. 빌어먹을, 미친 듯이 널 찾아다녔단 말이야!"

골드가 나를 찾아내어 정말 기뻤다. 하지만 나는 일단 사료 그릇부터 비워야 했다. 방에 있던 인간들이 골드에게 곧장 달려들더니 잔뜩 흥분해서 그에게 말했다. 앞발을 잡고 마구 흔들고 의미심장하게 고개도 끄덕이고 어쩌고저쩌고. 그러고는 골드가 나에게 와서 말했다. "프랭키, 너 뭘 어떻게 한 거야?"

"나? 아무것도 안 했어. 그냥 먹었지. 배가 고팠거든."

"제작자들이 좋아서 어쩔 줄 모르네."

"나 때문에?"

"당연히 너 때문이지."

"일단 캐스팅부터 하라고 해. 난 아주 많은 걸 할 수 있어! 높이뛰기, 재빨리 달리기, 사냥, 하악질, 매복, 귀 기울이기, 엿보기, 살금살금 다가가기……."

"프랭키, 캐스팅은 이미 했어."

"에엥? 무슨 말인지 모르겠네."

"넌 이제 그들의 목록 맨 위에 있어. 축하한다!"

"뭐라고?"

"흐음, 프랭키. 네가 '소스 잔치의 새로운 얼굴'이 된 것 같아. 이럴 거라고 누가 상상이나 했을까."

"에엥?"

자동차에 타고 한참 시간이 지나서 문과 얼룩말 건물들이 있는 도시를 떠나고서도 나는 여전히 생각했다. '에엥?' 너무 이상했기 때문이다. 플리퍼의 캐스팅 경험은 어땠는지 그와 수다를 떨어보고 싶어졌다. 친구 여러분, 할리우드는 이렇다. 여기서 많은 것을 원하면서 미친 듯이 꿈을 좇을 수도 있다. 또는 그저 배를 불리고 있다가 유명해지기도 한다. 할리우드는 아무것도 하지 않는 자들을 위한 곳이기 때문이다. 하지만 '자연스럽게' 아무것도 하지 않아야 한다. 여러분이 스타의 비밀을 알고 싶다면 내 말을 명심하시길.

우리는 다시 넓은 세상을 지났다. 한없이 이어지는 거

리와 경작지, 풀밭과 숲을 통과했다. 나는 골드의 무릎으로 기어 올라갔고, 자동차가 미친 듯이 흔들리며 달리는 동안 그는 내 머리를 쓰다듬었다. 차가 흔들려도 이제 더는 무섭지 않았다. 그렇게 골드와 함께 달리면서 행복했다. 살면서 이렇게 행복해지리라고는 상상하지 못했다. 이 순간이 영원히 지속되기를 바랐다. 하지만 수고양이가 뭘 바라는지 누가 관심이나 있으랴.

13
행성

공기에서 다른 냄새가 났다. 어느 날 저녁, 쓰레기 언덕에 앉아 석양을 바라보고 있을 때 근육질 청설모가 그 사실을 제일 먼저 알아챘다.

"프랭키, 냄새 맡았지? 가을이 오고 있어." 그가 말했다.

나는 콧구멍을 넓게 벌렸다. 정말로 공기에 가을이 약간 들어 있었다. 더 킁킁거리니 서늘한 기운과 축축한 흙의 흔적이 맡아졌다.

"아, 좋은 공기야!" 근육질 청설모가 심호흡을 했다. "할리우드에서는 이렇게 좋은 공기를 맡을 수 없어."

"공기야 다 똑같지 뭐." 내가 대꾸했다.

"아니, 프랭키. 아니야. 이렇게 좋은 냄새를 풍기는 공기는 여기에만 있어. 내 말을 믿으라고."

며칠 전부터 계속 이런 상황이었다. 내가 친구들에게 할리우드 이야기를 한 이후로 근육질 청설모는 이상하게 반응하며 자꾸 이런 말을 했다. "친구, 여기 좀 봐. 맑은 물로 가득한 이런 웅덩이는 할리우드에 드물어!"

또는 "프랭키, 바람이 나무를 스치는 소리 들려? 이렇게 멋진 소리는 할리우드에서 들을 기회가 없어." 또는 "이 옥수수 알갱이를 봐! 통통하고 노랗잖아. 너, 할리우드에 이런 게 있다고 믿지는 않겠지? 프랭키, 설마 믿는 거 아니지?"

"어휴, 나 어디 안 가." 나는 이렇게 말하고 앞발을 근육질 청설모의 작고 단단한 어깨에 얹었다. 우리는 한동안 말없이 쓰레기 언덕에 쪼그리고 앉아, 하늘에서 밤이 내려오는 모습을 지켜봤다.

"정말 안 가?"

"잠깐 갈 수는 있겠지." 내가 대답했다. "광고를 찍으러

말이야. 아니면 할리우드에서 유명한 사람들을 만나 식사하며 중요한 일에 대해 대화를 나눌 수도 있고."

"어떤 중요한 일?"

"몰라. 아마도 세계 평화나 뭐 그런 것."

"프랭키, 너 세계 평화에 대해 잘 알아?"

"아직은 몰라. 하지만 그게 뭐 어렵겠어? 결국 세계 평화도 다른 모든 평화와 마찬가지겠지."

"프랭키, 현명한 말이네."

"그렇게 생각해?"

"내가 듣기에는 그래."

"너도 언제 한번 할리우드로 가봐. 우리 모두 함께 가보자. 너랑 교수, 골드와 나."

"골드도?"

"그가 차를 가지고 있잖아."

"아, 맞다."

"골드가 운전을 해."

"그래, 그 생각도 해야지."

"골드는 진짜 괜찮아. 겉으로 드러내지는 못하지만 말

이야. 인간치고는 나쁘지 않은 편이야."

얼마 지나지 않아 달이 나타나고 우리 위의 별들이 점점 더 많아지더니 장관을 연출했다. 온 하늘이 반짝반짝 빛났다. 나는 잠깐이나마 우리가 무적이라고, 또 영원히 살 거라고 믿었다. 하늘을 쳐다보며 왜 그런 생각을 했는지 설명할 수는 없지만 정말 그렇게 믿었다.

"그런데 달은 왜 노랄까? 프랭키, 혹시 알아?"

"그렇게 만들어졌겠지."

"가끔은 저렇게 노랗지 않을 때도 있어."

"그래, 이따금 약간 창백하기도 해."

"위에 저렇게 걸려 있다니, 미쳤다. 안 그래?"

"완전 미쳤지. 하지만 완전 아름답기도 해."

"나도 완전 아름답다고 생각해. 저런 달은 참 대단해. 반쪽뿐이더라도 말이야. 그들도 지금 우리를 보고 있을까?"

"누가?"

"누구긴. 달의 주민들 말이지."

"그럼. 우리가 여기서 달을 보면 그들도 우리를 볼 수 있어. 그게 당연하잖아."

"자, 손을 흔들자."

우리는 앞발이 무거워질 때까지 달에게 손을 흔들었다.

"너 원숭이들의 행성, 〈혹성 탈출〉 알아?"

"아니. '행성'이 뭐야?"

"행성은 별이야. 저 위에 있는 것처럼. 텔레비전에서 그 영화를 봤는데 무진장 재밌더라. 어딘가에 원숭이가 지도자인 별이 있어. 원숭이들이 말을 타고 다니면서 인간을 포함해서 모두를 통치해."

"말도 안 돼!" 근육질 청설모가 나를 빤히 쳐다봤다.

"맞아. 텔레비전에서 봤어. 다 사실이야. 저기 위쪽 어딘가에 원숭이들의 행성이 있어. 그렇다고."

"달이 혹시 원숭이들의 행성일까?"

"그럴지도 모르지. 원숭이에게 물어봐야 할 거야. 너 혹시 아는 원숭이 있어?"

"아니. 너는?"

"나도 없어."

"프랭키, 저기 위에 청설모들의 행성이 있다면 정말 꿍

장할 거야. 상상해봐! 사방에 청설모와 견과류 나무와 견과류 덤불과 견과류 꽃이 있다고 말이야. '모든 것'이 견과야. 그리고 청설모들이 말을 타고 다니는 지도자이고."

"응, 굉장하겠다. 나는 맞은편 고양이들의 행성에 앉아 있고, 우린 서로 방문하기도 해."

"그래! 하지만…… 우리가 어떻게 서로 방문하지?"

"말을 타고. 두 행성을 연결하는 다리가 있고, 우린 거기로 말을 타고 넘어가는 거야."

"맞다, 프랭키. 네 말을 듣고 보니 그래."

"하지만 뭐가 더 좋은지 알아? 멋진 동물들의 행성이지. 거긴 정말 괜찮은 동물들만 살아. 그러니까 너랑 나랑 교수, 그리고 우리가 뽑은 몇몇 동물들이지. 너구리 같은 나쁜 놈들은 안 돼."

"나를 사냥하는 독수리도 안 되고."

"백조도, 까치도, 늑대도 안 돼."

"담비도, 족제비도, 올빼미도 안 돼."

"철새도 안 돼."

"인간도 안 돼."

"인간도 안 된다고?"

"프랭키, 인간을 필요로 하는 생명체는 아무도 없어."

"흐음, 인간은 똑똑해. 일을 많이 하지. 누군가는 우리를 위해 행성 사이에 다리를 만들어야 해. 말도 사육해야 하고. 우리가 하고 싶지 않은 일을 대신해줄 누군가가 필요하다고."

"아무래도 인간을 몇 명 데려가는 편이 낫겠다. 아, 지금 당장 너랑 말을 타고 가고 싶어. 멋진 동물들의 행성이라, 굉장하네."

"쉿! 조용히 해봐."

"왜 그래?"

"저 소리 들려?"

어디선가 바스락거리는 소리, 나뭇가지 부러지는 소리가 들렸다.

"저기 누가 있어." 내가 말했다.

"응, 그런데 누구지?"

"그걸 내가 어떻게 알아? 조용히 해봐!"

우리는 귀를 기울이며 어둠 속으로 몸을 살짝 뺐다.

다시 바스락거리는 소리, 거기에 숨을 헐떡거리는 소리도 더해졌다.

"프랭키, 도망치자."

"쉿!"

쓰레기 더미 사이로 어떤 그림자가 기어왔다. 그림자는 곧장 우리 쪽으로 향했다. 그림자의 냄새도 풍겨왔다.

"빌어먹을, 너구리다." 내가 소곤거렸다.

근육질 청설모는 쏜살같이 자작나무 위로 올라가 거기서 소리쳤다. "프랭키, 저기야! 너구리가 보여! 조심해! 저기 너구리가 있어!" 청설모는 분명히 좋은 뜻으로 그랬을 것이다. 하지만 이제 설령 귀먹은 너구리라도 우리를 발견했을 터였다.

너구리가 멍청한 너구리 걸음으로 나에게 다가왔다. 너구리들이 다리를 질질 끌며 걷는 모습을 보면 한없이 바보처럼 보인다. 너구리는 나보다 크고 강했다. 정말 뚱뚱한 너구리였다. 솔직하게 말해볼까? 도망치는 것이 현명한 행동이었을 것이다. 의문의 여지도 없다. 하지만 수

고양이는 가끔 도망치지 못할 때도 있다. 쓰레기 언덕은 내 집이다. 여러분, 무슨 말인지 이해하나? '내' 쓰레기 언덕이다. 나이 든 베르코비츠 부인은 결코 이해하지 못했다. 내가 귀에 피를 흘리며 집에 돌아가면 부인은 그때마다 고개를 저으며 야단을 쳤다. "아이고, 프랭키. 이 미련한 녀석! 왜 그렇게 매일 싸움질이니?"

대답: 그게 내 천성이야. 나도 어쩔 수 없어. 나는 '영역 동물'이라고. 생각해보면 인간이 그 사실을 이해하지 못한다는 게 정말 놀라워. 내가 인간에 대해 아는 모든 것을 종합해보면 인간도 영역 동물이거든.

근육질 청설모가 자작나무에서 내려다보며 소리쳤다. "프랭키, 내가 도움을 요청할게!" 그러고는 어디론가 달려갔다. 너구리가 주둥이를 벌리고 미친 듯이 쉭쉭 소리를 냈다. 뾰족한 이빨이 달빛에 드러났다. 귀여운 너구리 얼굴에 저렇게 사악하고 뾰족한 이빨이 있으리라고는 아무도 예상치 못할 것이다. 겉모습만 봐도 약간 못됐으리라는 사실을 알 것 같은 동물도 있다. 여러분이 늑대를 만난다면, 그 늑대가 "안녕?" 하며 웃는다 해도 여러분은 이제 죽었구나, 하고 생각할 것이다. 너구리의 경우에는 다르다. 다들 너구리가 깜찍하다거나 뭐 그런 식으로 생각한다. 그러나 너구리를 과소평가하면 안 된다. 나는 그런 실수를 저지르는 바람에 귀 반쪽을 잃었다. 그때 나는 아직 어렸고 아무것도 몰랐다. 밤에 마을을 걷다 보니 너구리 두 마리가 앉아 있었다. 나는 조금 외로웠고, 너구리들이 무척 싹싹해 보였으므로 그들과 수다를 떨고 싶었다. 얼굴에 재미있는 안경을 쓰고 있는 것 같았다. 하지만 그들은 나를 엄청나게 때렸다. 그중 한 마리는 내 귀를 물어뜯었다. 자기 입에 들어 있는 게 뭔지, 그리고 그걸 먹기 힘들다는 사실을 깨닫자 도로 뱉었다. 내 귀 반쪽은 크게 반원을 그리며 허공을 날았다. 나는 다시는 내 귀를 못 봤다. 하지만 귀가 허공을 가르던 모습은······ 지금도 가끔 꿈에 나타난다.

뚱뚱한 너구리가 주둥이를 벌리자 나는 곧장 그에게 달려들었다. 기습 공격이었다. 발톱으로 제대로 한 번 긁었다. 그리고 또 한 번. 나는 빨랐고, 그는 뚱뚱해서 굼떴다. 세차게 때렸는데도 너구리는 그저 어리둥절해서 쉭쉭 소리만 낼 뿐이었다. 이 점에서는 너구리를 인정해줘야 한다. 그들은 도무지 두려워하지 않는다. 맷집이 무척 좋다. 나는 이 점을 존경한다.

너구리가 물러났다. 겁이 난다거나 뭐 그래서가 아니었다. 그저 바보 같은 걸음걸이로 느릿하게 움직였다. 마치 '아휴, 여긴 내가 있기에 너무 수준이 낮아'라고 생각하는 것 같았다. 그런데 안타깝게도 나는 실수를 저질렀다. 너구리가 나를 그냥 내버려둔다는 것이 확실해지자 만용을 부린 것이다. 싸움질에서 내가 승자라고 느낄 때면 가끔 이런 짓을 저지른다. 건방을 떠는 것이다. 어쨌든 나는 너구리의 뒤통수에 대고 몇 마디 욕설을 날렸다. 불구 괴물 어쩌고저쩌고. 너구리가 몸을 돌리더니 잠깐 노려보다가 분노에 차서 나를 향해 달려왔다.

그러고는 엄청난 발톱이 달린 발로 내 머리를 비롯해 온몸을 마구 때렸다. 왼쪽 눈에서 빛이 번쩍했고, 나는 끔찍한 비명을 내질렀다. 눈에 갑자기 빛이 꺼진 것 같았다. 세찬 주먹이 다시 얼굴로 날아오자 무릎이 후들거리면서 나는 옆으로 쓰러졌다. 주둥이에서 피가 흘러나왔다. 너구리가 이제 내 몸 위로 올라왔다. 구역질나는 입 냄새가 풍겼다. 그가 내 옆구리를 물었다. 목덜미도 물었다. 뾰족한 이빨이 내 살을 파고들었다. 내가 봤던 영화와는 달랐다. 영화 속 인간들은 서로 싸우다가도 한 인간이 "자비를!"이라고 외치면 자비가 내려지지 않던가. 유감스럽게도 현실은 그렇지 않았다. 너구리는 오물 사이로 나를 끌고 다니면서 계속 때렸다. 나는 '프랭키, 끝났어'라고 생각했다. 다 끝났다고. 이제 최고 지도자에게 (또는 누가 됐든) 아름다운 내 삶에 대해 그저 감사 인사만 하려고 했다. 내 삶은 마음에 들었다.

살면서 나는 정말이지 운이 좋았다. 많이 잤고, 나를 사랑하거나 뭐 그러는 몇몇 이들도 만났다. 이건 엄청난 행운이다. 하지만 이제 이 모든 게 다 끝났다는 점에서는 운이 그다지 좋지 않았다.

그때 구슬픈 목욕가운이 나를 향해 달려오는 모습이 한쪽 눈에 띄었다. 그 앞에서 근육질 청설모가 고함을 질렀다. "프랭키! 우리가 간다! 너 아직 살아 있어? 프랭키!"

상황은 이랬다. 구슬픈 목욕가운을 입은 골드가 숨을 헐떡였고, 근육질 청설모는 다시 자작나무로 달려 올라갔고, 나는 반쯤 죽어 바닥에 드러누워 있고, 이들 한가운데에 너구리가 있었다. 그 후에 벌어진 일은 얼마나 놀라운지! 골드는 내가 지금까지 한 번도 들어보지 못한 고함을 질렀다. 내가 아는 한 어떤 동물도 그런 고함을 지르지는 못한다. 그 정도로 분노와 절망이 가득한 소리였다. 그렇게 고함을 지르며 골드는 너구리에게 달려들었다. 바닥에서 돌이든 쓰레기든 뭐든 집어 들고 너구리에게 던졌다. 계속 물건이 날아왔다. 너구리는 미칠 지경이었지만 골드는 신경도 쓰지 않았다. 두려움이라고는 없었다! 너구리를 발로 밟고 나무 막대로 때렸다. 나는 그가 진정 자랑스러웠다. 아니, 정말 그랬나? 무섭기도 했다. 골드는 무엇에도 신경 쓰지 않는 것 같았다. 미친 사람처럼 보였다. 너구리보다 더 미친 것 같았다. 결국 너구리가 도망간 후에도 골드는 한참이나 더 소리를 질렀다. 나는 힘없는 목소리로 그에게 말했다. "이제 괜찮아, 괜찮다고."

골드가 나를 안고 쓰레기 언덕에서 내려왔다. 아기를 안듯 가슴에 꼭 안아주었다. 나는 아름다운 달을 쳐다봤다. 저기 위 어딘가에 멋진 동물들의 행성이 있다. 나는 살아 있는 동안 그곳에 정말 꼭 한번 가봐야 한다고 생각했다.

14
바보들

온몸이 아팠다. 곳곳에 불이 붙은 것 같았다. 이루 말할 수 없이 나른하고, 왼쪽 눈으로는 거의 아무것도 볼 수 없었다. 골드는 버려진 집으로 돌아와 나를 소파에 눕히고 체온을 유지하게 하려고 담요를 가지고 왔다. 그런 다음 전화기 옆에 앉아, 그가 이제 안나라고 부르는 안나 코마로바와 통화했다. 근육질 청설모와 교수도 함께 쪼그리고 앉아 있었다. 아까 둘은 집으로 그냥 함께 들어왔다.

인간과 수고양이, 청설모와 다리가 셋인 닥스훈트로

구성된 가족이 있는지는 모르겠지만 어쨌든 가족처럼 다들 내 주위에 쪼그리고 앉아 있었다. 내가 무슨 말을 하는지 여러분은 알 것이다. 나에게 뭔가 필요한 게 있는지, 누운 자리는 괜찮은지, 정말 편한지 다들 걱정했고, 근육질 청설모는 계속 물었다. "프랭키, 어때?" "그저 그래." 내가 대답했다. 잠시 후에 또 물었다. "프랭키, '지금은' 어때?" 나는 살짝 짜증이 났지만 동시에 한없이 기분이 좋았다. 누가 나를 위해 이렇게 걱정해준 게 언제였는지 기억나지 않았다. 내가 한없이 지쳐 있는 지금에야 걱정해준다는 게 안타까울 지경이었다. 상태가 좀 나았더라면 이 상황을 좀 더 즐길 수 있었을 텐데.

"아이고, 네가 살아 있어서 정말 기뻐." 근육질 청설모가 말했다. "프랭키, 십년감수했다."

"기다리다가 너희가 오지 못할 거라고 생각했어." 나는 지친 목소리로 말했다.

"어휴, 난 골드를 데려가려고 버려진 집으로 곧장 달려왔어. 네가 너구리에게 달려들었을 때 말이야. 하지만 골드는…… 바쁘더라."

"바빴다고?"

"저기 저 끈 때문에."

근육질 청설모가 천장을 가리켰다. 거기 멋진 끈이 또 걸려 있었다. 너무 지친 상태라 나는 지금까지 그 끈을 못 봤다.

"내가 창가에 앉아서 미친 듯이 고함을 질렀는데, 골드는 아무 반응도 없었어. 집 안에서 목에 끈을 감고 의자에 올라서 있었지. 프랭키, 아주 제대로 매달렸더라고. 나무에 달린 호두처럼 말이야."

"네 목소리를 못 들었나 봐?"

"당연히 들었어!"

"네가 뭐라고 소리쳤는데?"

"'도와줘! 프랭키가!'라고 했지. 인간어로 그 말밖에 못 하겠더라. 하지만 골드는 분명히 알아들었어. 끈에 매달린 채 나를 빤히 보더라고. 골드가 더 빨리, 곧바로 왔어야 했는데."

"그러게. 정말 바로 왔어야 하는데. 그런데 골드는 끈을 가지고 노는 걸 좋아해. 아주 푹 빠져 있지."

"그래도 너를 그렇게 위험에 내버려둔 건 그가 잘못한 일이라고 생각해. 생사가 달린 문제였잖아."

"그래, 잘못한 거야."

"교수, 어떻게 생각해?" 근육질 청설모가 물었다. "골드가 프랭키를 구하러 바로 오지 않고 끈을 가지고 논 건 잘못이야. 안 그래?"

교수는 아무 말도 없었다. 그저 특종기사를 보듯이 끈을 노려보기만 했다. "이봐, 교수. 괜찮아?"

교수는 잿빛 머리를 슬쩍 흔들었다. 그러더니 쉰 목소리로 말했다. "바보들, 이 둔한 바보들."

그러고 나서 내가 아는 동물 중 가장 현명한 교수가 우리에게 해준 설명은 여러분에게 반복하지 않아도 될 것 같다. 끈이나 뭐 그런 것에 대한 이야기 말이다. 여러분도 이미 짐작했을 것이다. '여러분'은 둔한 바보들이 아니니까.

어쨌든 여러분이 이해했기를 바란다. 나 스스로 엄청난 바보처럼 느껴졌다는 사실도 짐작할 수 있을 것이다.

그동안 내내 여러분에게 끈 이야기를 하면서 나 스스로 아무것도 알아채지 못했다니!

하지만 이제 깨달았다. 어쨌든 '자살'이라는 상황 자체는 알게 됐다. 하지만 믿을 수는 없었다. 이해하는 것과 믿는 것은 차이가 있다. 내가 설령 이 세상에서 가장 똑똑한 수고양이라고 하더라도 골드가 죽으려고 한다는 사실은 믿지 못할 것이다.

나는 뭐든 믿는데도 그랬다. 가장 안 좋은 슬픈 일도 믿는다. 내가 어떻게 태어났는지 설명했던가? 나는 다른 모든 고양이와 마찬가지로 엄마에게서 기어 나왔다. 내 형제자매인 1번, 2번, 3번, 4번, 6번, 8번과 함께였다. 모두 보들보들했고, 강아지 머리만큼 작았다. 우리가 살던 마당의 인간은 얼마 지나지 않아 우리 모두를 자루에 넣었다. 그런 다음 미친 듯이 버둥거리고 비명을 지르는 자루를 빗물 모아두는 통에 넣고 눌렀다. 버둥거림이 멎고 비명이 더는 들리지 않을 때까지. 나는 나무 쌓아놓은 곳 뒤에 숨어 있었다. 인간이 욕설을 퍼부었다. "빌어먹을! 맨날 똑같은 일이 벌어져."

나는 인간이 모두를 죽인다는 사실을 그때 바로 믿었다. 하지만 인간이 자기 자신을 죽일 수 있다는 것은 지금도 믿기지 않는다.

통화를 끝낸 골드가 말했다. "프랭키, 안나가 곧 올 거야. 친구, 좀 어때?" 나는 하마터면 울 뻔했다. 골드가 의자에 올라가 아직도 매달려 있는 끈을 걷어서 둘둘 뭉쳐 소파 아래에 집어넣었다. 큰길을 올라오는 작은 자동차 소리가 들리더니 곧 문이 벌컥 열리고 안나 코마로바가 방에 들어와 섰다. "아이고, 세상에." 모여 있는 우리— 동물 세 마리와 인간 한 명—를 보더니 안나는 가방을 툭 떨어뜨렸다.

15

상태가 아주 안 좋은 둘

잠에서 깨자 여전히 어두웠고, 내 목에 뭔가 매달려 있었다. 크고 섬뜩한 물건이었다. 앞발로 밀어봤지만 목에서 떼어낼 수 없었다. 나는 공황상태에 빠져서 그 물건을 몇 번이나 마구 치다가 그게 뭔지 생각해냈다. '목 보호대'였다.

'목 보호대'는 안나 코마로바가 한 말이었다. 나를 보자 당연히 "아이고, 아이고, 사랑스러운 코트"라는 말도 했다. 내 상태가 너무 안 좋아서 안나는 처음에 놀라 몸을 약간 움찔했다. 특히 왼쪽 눈 상태가 안 좋았다. 안나는 골드에게 내가 '시력'을 잃을 수도 있다고 말했다. 시력이라니, 보는 힘 말인가. 힘이야 잃거나 말거나 상관없었다. 그저 다시 볼 수 있기만을 바랐다. 안나 코마로바는 내 눈에 뭔가 몇 방울 떨어뜨리고 입과 항문에 뭔가 집어넣고, 마지막으로 섬뜩하고 커다란 물건을 머리 위로 씌웠다. 눈을 긁지 못하게 하려고 그런다고 했다.

나는 그 물건 때문에 미칠 지경이었다.

소파에서 뛰어내려 귀를 기울이며 사방을 슬그머니 엿보았다. 집은 나 혼자인 듯 아주 조용했다. 그래서 불안해졌다. 골드는 어디 있지? 소파 아래를 들여다보니 끈은 아직 그대로 거기 있었다. 나는 뭔가에 부딪히지 않으려고 조심스럽게 움직이며 집을 돌아다녔다. 여전히 한쪽 눈으로만 볼 수 있었고, 커다랗고 섬뜩한 물건이 귀까지 닿도록 걸려 있었기 때문이다. 사방을 이리저리 돌아다니다가 계단을 올라갔다. 짧은 계단이었지만 지금 나에게는 영원히 계속되는 긴 계단처럼 느껴졌다. 상태가 정말 안 좋았다. 골드의 방에 들어가니 그가 등을 대고 똑바로 누워 자고 있었다.

주둥이를 활짝 벌린 채.

나는 그를 한참이나 바라봤다. 자고 있는 인간은 끔찍하게 바보 같을 때가 많다. 다른 모든 동물보다 더 멍청해 보인다.

하지만 아주 작은 인간들은 멍청하게 보이지 않는다. 잠을 자는 작은 인간들은 고양이처럼 귀엽다. 아주 어린 인간이 자는 모습을 지켜본 적이 있다. 어디였는지는 묻지 말기를. 그때 나는 그 인간의 머리를 핥았다. 지금도 기억난다. 고양이처럼 귀엽게 자기에 그냥 핥았다.

나는 침대로 뛰어 올라가 한참 더 골드를 지켜봤다. 그러다가 앞발로 그의 코를 눌렀다. 한없이 기다릴 수는 없었으니까.

"골드, 일어나. 할 이야기가 있어. 중요한 이야기야."

"프랭키? 무슨…… 무슨 일이야……? 아직 한밤중인데."

"나도 알아. 잘 들어. 당신, 죽으면 안 돼."

"프랭키……."

"내 말 잘 들으라고! 죽는 건 바보 같은 일이야. 그러니까 내 말은, 당신이 지렁이라면 나도 그런 행동을 이해

226

할 수 있을지도 몰라. 팔다리도, 머리도 없으니까. 지렁이는 그냥 벌레잖아. 내 생각에 그건 사는 게 아니야. 하지만 나는 지렁이를 몇 마리 아는데, 그들조차 자기 자신을 죽일 생각은 하지 않아. 그냥 벌레에 불과하지만 말이야. 그런데 당신은 인간이잖아. 당신에게는 모든 것이 온전하게 달려 있어. 뭐든 할 수 있다고. 여기 집도 있고, 나도 있고, 당신은⋯⋯."

"프랭키, 그만해."

"아니, 그만하지 않을 거야! 나는 당신이 죽는 거 싫어."

"내가 무슨 말을 해야 하지? 미안하다고? 다시는 그러지 않겠다고? 하지만 프랭키, 그럴 수 없어. 그렇게 단순하지 않다고."

"아니! 인생은 단순해. 그 어떤 멍청이라도 살아갈 수 있어."

"프랭키, 나 노력하는 중이야."

"그럼 더 노력해!"

나는 골드의 옆에, 팔꿈치에 바짝 붙어 누웠다. 그의 따뜻한 몸에 발을 꼭 붙였다. 그렇게 함께 누워 있었다.

상태가 안 좋은 둘이 아침의 여명 속에서 몸을 바짝 붙인 채.

"당신은 왜 조금 더 행복할 수 없어? 다른 사람들은 그렇잖아."

"나를 행복하게 하는 건 하나뿐이기 때문이지. 린다가 다시 내 옆에 있다면. 하지만 그런 일은 일어나지 않을 거야. 나는 정말 해낼 수 있다고 생각했어. 언젠가는 이겨내고 계속 살아갈 거라고. 하지만 나는 자기연민에 빠진 우울한 놈이야. 그게 진실이지. 매일 분노하고, 절망하고, 외롭고, 창피해. 가끔은 자살하거나 다른 사람들의 머리에 총을 쏘고 싶은 마음이 들지 않는 좋은 날도 있어."

"바보 같다."

"아니, 이건 아픈 거야. 프랭키, 나는 아파."

"그럼 의사에게 가! 여기 안나 코마로바에게. 안나가 입과 엉덩이에 뭔가 집어넣으면 상태가 바로 좋아져."

"그러면 얼마나 좋을까."

"도대체 무슨 병인데?"

"'모든것이의미없다'라는 이름의 병."

"모르겠네. 왜 모든 게 의미 없어? 당신에게는 내가 있잖아. 나는 이제 당신에게 삶의 의미라고."

"네가?"

"당연하지. 내가 그렇게 하잖아. 내 말은, 당신은 나를 좋아해. 나를 보면 기쁘다거나 뭐 그렇지. 아름다운 내 털을 쓰다듬고, 내가 옆에 가까이 있는 걸 즐기고, 나랑 흥미로운 대화를 나누길 좋아해. 으음, 그리고 나를 위해 장을 보고, 내 화장실을 청소해주고 말이야. 뭐 그런 일들. 어휴, 나라면 나 같은 삶의 의미가 있다면 기쁠 텐데!"

"프랭키, 넌 내가 필요하지 않아."

"난 친구가 둘이야. 교수는 무척 늙었어. 이제 오래 살지 못해. 그리고 근육질 청설모는 그냥 청설모야. 너무 작아서 언제 잡아먹힐지 몰라. 아니면 맞아죽거나, 아니면 차에 치여 죽거나. 그러면 끝! 나는 혼자 남게 되는 거야. 당신 옆에 있으면 안전하다고 생각했어. 영원히 지속될 거라고."

"미안하다, 프랭키."

"조금 기다리면 안 될까?"

"뭘 기다려?"

"'내'가 죽을 때까지. 인간은 수고양이보다 오래 살잖아. 내가 죽은 뒤에도 당신은 언제든 자살할 수 있어. 반대 안 할게."

"프랭키, 내가 그렇게 오래 버틸 수 있을지 모르겠어."

"계속 '내가!' '내가!' '내가!'라는 말만 하네. 그럼 나는 어떻게 돼?"

"네가 하필이면 나를 만나서 안타깝다. 더 나은 사람을 만날 자격이 있는데."

그것도 맞는 말이었다. 하지만 유감스럽게도 나는 더 나은 사람을 원하지 않는다. 누군가를 좋아하면 바로 이게 문제다. 더 나은 걸 원하지 않는다는 것.

"그건 그렇고, 안나가 네 목에 예쁜 전등갓을 걸어줬구나." 골드가 이렇게 말하고 목 보호대를 톡톡 두드렸다.

"나도 울울해지면 어떨까? 당신처럼?"

"우울하다는 말이겠지." 골드가 말했다.

"그래, 우울이든 울울이든. 그러면 당신에게 도움이 될까? 나는 상관없어. 난 이미 불가지론자인 데다가 쾌락주의자야. 그러니 울울증 환자라도 괜찮아."

"우울증 환자겠지."

"솔직하게 말해볼래? 굉장한 아이디어잖아. 당신과 나, 우리 둘이 우울증 환자라면 틀림없이 무척 재미있을 거야!"

나는 몸을 일으켜 앉아서 골드를 바라봤다. 아주 슬프게, 아주 우울하게. 전등갓처럼 보이는 커다랗고 으스스한 물건이 내 머리를 에워싸고 흔들거렸다. 그때 갑자기 골드가 웃음을 터뜨렸다. 나는 그 소리에 너무 놀라 하마터면 침대에서 떨어질 뻔했다. 처음 듣는 골드의 웃음소리였다. 그가 웃을 수 있다는 사실을 나는 전혀 몰랐다. 골드는 한참이나 웃었다. 웃음이 그치자 이번에는 흐느끼며 말했다. "프랭키, 고마워."

인간들이란! 도무지 이해할 수 없다.

서서히 해가 떠올랐다. 골드가 내 배를 쓰다듬었고, 나는 점점 더 나른해졌다. 하지만 왠지 밤이 지나가는 게 싫었다. "프랭키, 내가 죽으면 어떨 거 같아? 아무것도 아쉬울 거 없어." 골드가 말했다.

"아니, 당연히 그렇지 않아. 뭐가 아쉽냐고? 흐음. 많지.
아주 많아. 소스나 뭐 그런 거."

"소스?"

"얼마 전에 참새를 씹은 적이 있어. 맛이 없더라. 바짝
말랐어. 동물용품 가게에서 당신이 사는 사료가 더 좋
아. 소스가 많거든. 소스가 있으면 삶이 완전히 달라져."

"소스 때문에 내가 죽는 게 싫다는 거야?"

"마음 상해하지 마. 난 그저 소스가……."

"마음 상하지 않았어."

"당신도 소스 좋아해?"

"완전 좋아하지."

"어떤 소스가 제일 좋아?"

"몰라. 맛있는 소스가 무척 많잖아. 고추냉이 소스, 딜
소스, 겨자 소스, 토마토 소스. 결정하기 어려워."

"그래, 나도 맛있는 소스가 많다는 데 동의해. 살면서
온갖 좋은 소스를 다 먹어보고 싶어."

"린다와 이탈리아에서 가지 파르미지아나를 먹은 적이

있어. 벌써 오래전 일이야. 어떤 산을 걷던 중이었지. 산 이름들은 도무지 오래 기억할 수 없더라. 어쨌든……."

"이탈리아 어디?"

"남쪽."

"아하."

"어쨌든…… 가지 파르미지아나는 가지에 마늘, 바질 한 움큼, 파르메산 치즈, 모차렐라 치즈, 체에 거른 토마토를 넣고 오븐에 구우면 돼. 그러면 잠시 후에 아주 맛있는 냄새가 풍겨. 하지만 가지 파르미지아나에서 최고는 언제나 이루 말할 수 없이 맛있는 소스야. 토마토와 향신료와 치즈가 만들어내는 소스. 우리는 흰 빵을 파르미지아나 소스에 찍었는데 무진장 맛있었어. 아마 내가 살면서 먹어본 최고의 소스일 거야. 그래."

"우와, 소스는 정말 그렇다니까."

"린다를 생각할 때면 엄청나게 맛있던 그 소스를 함께 먹던 바로 그 장면이 가끔 떠올라. 참 우습지. 결국은 소소한 일들이 남아."

"내 생각에는 우습지 않아."

"흐음."

"바로 그 이유에서 당신이 죽는 건 안 좋아. 죽은 자는 소스를 먹지 않아."

"내 묘비에 써주면 좋겠다. '죽은 자는 소스를 먹지 않는다.' 마음에 들어. 그렇게 해줄래? 내 작은 삶의 의미인 프랭키?"

16

다 괜찮아질 거야

안나 코마로바는 나를 살펴보려고 거의 매일 왔다. 내 생각에는 골드도 살피러 온 것 같았다. 어쨌든 내가 받은 인상은 그랬다. 둘은 아주 많은 이야기를 나누었고, 안나가 오면 골드는 조금 덜 우울해 보였다. 훤히 다 보였다. 음, 한쪽 눈은 보이지 않으니 반만 볼 수 있긴 했지만 내가 무슨 말을 하는지 여러분은 알 거다. 어쨌든 안나 코마로바가 우리를 찾아오면 기뻤고, 그녀가 작은 자동차에 올라 큰길을 따라 가버리면 슬펐다.

골드와 둘만 있을 때면 그가 자살할까 봐 겁이 났다.

골드는 먹고 마시고 잠자고 말하고 텔레비전을 봤다. 지극히 평범했다. 하지만 그의 머릿속에서 어떤 일이 벌어지는지, 혹시 그저 자살만 생각하는 건 아닌지 나로서는 알 수 없었다. 그래서 정말 힘들었다. 언제라도 아무 일도 일어나지 않을 수 있으니까. 그리고 언제라도 가장 끔찍한 일이 일어날 수 있으니까. 여러분, 무슨 말인지 이해하겠지?

게다가 내 왼쪽 눈으로는 여전히 아무것도 볼 수 없었고, 영원히 고장날까 봐 점점 겁이 났다. 그러면 나는 '애꾸눈이 프랭키, 장애가 있는 프랭키, 죽은 눈의 괴물 프랭키'가 될 터였다.

나는 정말 극도로 우울했다. 안나 코마로바는 내 털을 쓰다듬으며 계속 말했다. "걱정하지 마. 사랑스러운 코트, 다 괜찮아질 거야." 하지만 내가 인간에 대해 아는 바로는, 그들은 이 말을 너무 자주 한다. 다 괜찮아질 거라는 둥 어쩌고저쩌고. 하지만 내 생각에 이건 상당히 멍청한 말이다. 살면서 다 괜찮아지지 않는다는 거야 누구나 알고 있으니까. 운이 좋다면 아마 모든 것의 절반쯤은 괜찮아지겠지. 이게 바로 안 좋은 점이다. 살면서 모든 것이 정말 괜찮아지는 장소 같은 건 전혀 없다.

근육질 청설모는 나를 자주 찾아왔다. 내 옆 소파에 쪼그리고 앉아 앞발로 매번 내 전등갓을 두드렸다. 그 소리를 무진장 좋아했기 때문이다. 한번은 눈이 하나뿐이라면 좋은 점도 있다고 말했다.

"프랭키, 긍정적으로 생각해야 해." 물론 위로하려고 한 말이었다. 다들 계속 나를 위로하려고 했다.

"장점을 하나만 말해봐." 내가 물었다.

"눈이 하나면 사팔눈이 되지 않아."

"한 눈으로도 돼."

"진짜? 그러면 정말이지 장점이 하나도 없을지도 모르겠다. 견과 먹을래?" 아이고, 난 심하게 우울했다. 집 밖으로 전혀 나가지 않았다. 다리를 절뚝이고, 눈은 하나뿐이고, 전등갓을 목에 두른 나를 누가 보는 게 싫었다.

예를 들면 까치들은 나를 끝장낼 터였다. 나뭇가지에 앉아 욕설을 퍼붓고 지저분한 농담을 하며 죽어라고 웃겠지. 다른 애들은 모두 나를 바보라고 생각할 테고. 프랭키는 아무것도 하지 못한다고, 프랭키의 시대는 지나갔다고. 그리고 내 영역에 와서 자기들이 새로운 대장이 되었다고 믿겠지. 내 영역에서!

하지만 그러다가 집 밖으로 나갔다. 반드시 나갈 일이 있었기 때문이다. 교수 집으로 살살 걸어갔더니 근육질 청설모는 벌써 와 있었다. 우리는 그곳 정원에서 배가 주렁주렁 열린 나무 아래 누웠다. 친구들과 나는 골드를 어떻게 도울지 고민했다. 골드에게 도움이 필요하다는 사실은 너무나 명확했다. 골드는 너구리에게서 나를 구했으니 나도 이제 그를 자살에서 구해야 한다. 그렇게 어려운 일은 아닐 터였다.

훌륭한 구조 계획만 하나 있으면 된다. 남은 일은 그 계획의 실천이다. 그러니까 두 가지로군. 계획과 실천. 두 가지에 대해 조금 고민하면 분명히 뭔가 생각날 것이다. 어쨌든 우린 셋이 아닌가. 현명한 머리 셋. 다른 말로 집단 지성이지. 어쨌든 새들은 그렇게 말한다. 물론 교수가 제일 많이 알고 있다. "언젠가 뭘 읽은 적이 있어." 교수가 말했다. "신문에서 말이야. 내가 글을 읽을 줄 안다는 거,

너희도 알잖아. 안 그래? 잘 들어봐. 세상에서 골드만 우울한 게 아니야. 그건 확실해. 그런 사람이 꽤 있어."

"'꽤'라면 얼마나?" 내가 물었다.

"대여섯?"

"3억 5천만 명." 교수가 대답했다.

"우와." 내가 말했다.

"굉장하네." 근육질 청설모도 말했다.

"3억 5천만 명이 얼마큼이야?" 내가 물었다.

"그러게. 얼마큼이지?" 근육질 청설모도 물었다.

"아주 거대한 도시를 상상해봐." 교수가 말했다. "그곳에 사는 사람들 모두가 우울증 환자야. 그리고 또 다른 거대한 도시를 상상하고, 다른 도시를 하나 더 상상하고, 그리고 다른 도시 하나 더, 다른 도시 하나 더, 다른 도시 하나 더······."

나는 정말로 상상해보려고 했다. '100만' 도시 하나, 또 하나, 또 하나. 하지만 내가 어느 정도 상상할 수 있는 것은 사바나 또는 프레리 또는 그 외 다른 곳에서 뛰어다니는 영양 무리였다. 하늘까지 가득 찬 영양들. 이 영양들이 모두 우울증 환자구나. 대략 이렇게 상상할 수 있었다.

"그들이 모두 우리에게 오면 어떡하지?" 근육질 청설모가 물었다. "우울증 환자들 전부 말야. 재앙처럼 오면? 골드는 그저 선발대 아닐까? 우와, 우울증 환자들이 엄청나게 무서워지네!"

"선발대라니, 허튼소리." 교수가 말했다.

"또는 그게 전염된다면? 얼마 지나지 않아 광견병처럼, 우리 모두 그 병에 걸리지 않을까? 프랭키, 조심해! 넌 우울증 환자랑 함께 살고 있잖아. 혹시 전염된다면……."

"전염된다니, 허튼소리." 내가 대꾸했다.

하지만 확실한가? 나는 정확하게 알지 못했다.

"전염되지 않는다면 어떻게 그 많은 사람이 우울증에 걸렸겠어? 응?" 근육질 청설모가 따졌다.

솔직하게 말하자면 꽤 괜찮은 질문이었다.

우리 중 누구도 답을 모른다는 건 괜찮지 않았다.

"혹시 아는 우울증 환자 있어? 우리가 물어볼 수 있는." 내가 말을 꺼냈다.

"올빼미는 어때?" 근육질 청설모가 대답했다. "언제나 구슬퍼 보이잖아."

"그래, 올빼미니까 그렇지." 내가 말했다. "우울증이 아니라 그냥 생긴 게 그래."

우리는 한참이나 고민하고 또 고민했다. 우리가 아는 구슬픈 동물이 몇몇 있기는 했다. 하지만 정말 그 정도로 우울할까? 자기 자신을 해치우고 싶을 만큼? 우리가 아는 동물 중에는 없었다. 단 하나도! 우리 동물들은 삶에 상당히 긍정적이다.

우리는 자살이 인간의 질병임을 깨달았다. 우리에게는 큰 수수께끼였다. 이상하지 않은가. 하필이면 인간이? 인간은 현명하고 권력도 있고, 많은 예술품과 훌륭한 업적을 완성해낸다. 먹이가 문제일까? 아니면 너무 적고 구슬픈 털 때문에? 세상의 통치자로 사는 삶이 고단해서? 우리는 그저 고개만 저었다.

이제 내 생각을 말해보겠다. 사랑하는 인간 여러분, 여러분을 믿고 하는 말이니 웃지 말기 바란다. 혹시 여러분은 너무 조금 자고 너무 많이 생각하나? 나는 거꾸로

다. 거의 하루 종일 잔다. 잠깐 깨어서 두어 가지 일을 처리하고 다시 자면서 꿈을 꾼다. 이러면 세상 돌아가는 일을 그다지 많이 보고 듣지 못한다는 크나큰 장점이 있다. 세상사를 너무 많이 알게 되고 너무 많이 생각하다 보면…… . 혹시 병이 드나? 삶을 음울하게 보게 될까? 하지만 나는 그저 수고양이일 뿐이다. 여러분 마음대로 생각하라.

개치고는 무척 신심이 두터운 교수가 골드는 매일 최고 지도자에게 기도해야 한다고 제안했다. 최대한 자주 해야 한다고. 우울증을 '기도로 물리쳐야' 한다고 했다. 근육질 청설모는 기도에 더하여 견과류 다이어트와 운동을 제안했다. 그러면 아마 골드가 우울증에서 도망쳐 달아날 수도 있을 거라고. 나는 골드가 다시 웃어야 한다고 제안했다. 인간은 웃으면 행복해진다. 안 그런가? 골드의 웃음소리를 들었던 그날의 좋은 시간처럼. 그러니 우린 지금 반드시 어릿광대가 필요하다. 당연하지. 그러자 둘이 말했다. "프랭키, 굉장한 아이디어야!"

하지만 우리 중 누구도 어릿광대를 알지 못했다. 어릿

광대가 어디에 사는지도 몰랐다. 그래서 유감스럽지만 어릿광대는 없던 일이 됐다.

다른 제안들은 여러분에게 설명하지 않는 편이 나을 것 같다. 그다지 좋지 않았다. 우린 배나무 아래 앉아 계속 고민하며 이런저런 이야기를 나누었다. 가을이라서 이따금 배가 굴러떨어졌다. 하지만 안타깝게도 골드를 구할 수 있는 아주 좋은 아이디어는 굴러떨어지지 않았다. 나는 정말 속상했다. 누군가 파멸하는데 아무것도 할 수 없다는 사실은 세상에서 제일 끔찍하다. 그저 보고만 있을 뿐 아무것도 하지 못하다니. 그러면 속이 망가진다.

혹시 나는 저주받은 존재 아닐까. 그럴 수 있나? 저주에 대해서는 잘 모르지만, 불현듯 내가 '저주받은 프랭키' 인 양 느껴졌다. 살면서 나에게 의미 있던 생명체는 거의 모두 파멸했다. 내 형제자매인 1번과 2번, 3번과 4번, 6번과 8번. 나이 든 베르코비츠 부인, 이제는 골드까지.

심각하게 저주받은 것처럼 들린다. 저주받았을 때 어떻게 해야 하는지 나는 모른다. 아마 모든 사람과 모든 동물을 멀리하고 깊은 숲속에서 혼자 살아야 하는 게 아닐까. 아니면 저주받은 다른 생명체들과 함께 살거나.

배 한 알이 다시 나무에서 떨어졌을 때 교수가 말했다. "프랭키, 어린 친구. 내 생각에는 네가 그 안나 코마로바라는 사람과 골드에 대해 이야기를 해야 할 것 같아."

정말? 나도 그 생각을 이미 했었다.

"하지만 교수, '세 가지 황금률'은 어떡하지? 인간과는 이야기하지 말고 멍청한 척할 것, 멍청한 척할 것, 멍청한 척할 것."

"맞아, 하지만 지금 이 경우는 엄청난 위급상황이야. 그 사람과 이야기해. 의사니까……."

"응, 수의사야!"

"우리끼리는 해낼 수 없어."

"그래, 프랭키! 그 사람과 이야기해." 근육질 청설모가 말했다. "그런데 말하기 전에 견과를 하나 줘. 그러면 그 사람이 네가 평화롭게 대화를 나누러 왔다는 걸 알 테니까."

나는 돌아서서 큰길을 터덜터덜 걸었다. 삶이 좋을 수

있다는 사실을 안다. 하지만 지금은 좋지 않았고, 짙은 어둠이 느껴졌다. 언젠가 텔레비전에서 어떤 사람이 괴상한 기계에 앉아 여행하는 모습을 본 적이 있다. 먼 과거로 돌아가거나 미래로 갔다. 어쨌든 지금 있는 삶에서 벗어났다. 나도 그렇게 하고 싶었다. 하지만 나는 아는 어릿광대도 없고, 그런 기계를 가지고 있는 사람도 모른다. 수고양이로 산다는 게 쉽지 않을 때도 가끔 있다. 어떤 일로 많이 우울하고 가슴이 답답할 때 도망칠 수 없고, 모든 것을 견뎌야 하기 때문이다.

"안녕, 프랭키."

나는 그 자리에 멈춰 섰다. 순식간에 털이 곤두섰다. 전등갓 때문에 잘 들리지 않았지만 누가 나에게 말을 거는지 바로 알아챘다. 까치였다! 바로 위에 있었다. 빌어먹을 까치들. 당연히 나를 놀리고 싶겠지! 하지만 오늘은 아니야. 이것들, 잘 걸렸다. "꺼져, 이 더러운 것들아!" 나는 분노에 차서 소리쳤다. "안 그러면 끝장날 줄 알아! 내가 가서 반드시 모두 잡아먹을 거야. 나는 프랭키야! 너희를 잡아먹을 거라고!"

정적이 흘렀다.

나는 까치들이 앉아 있는 위쪽 보리수 나뭇가지를 조심스럽게 쳐다봤다. 하지만 아무도 없었다. 조심스럽게 왼쪽을 살폈다. 아무도 없었다. 조심스럽게 오른쪽을 돌아봤다. 아무도 없었다. 그래서 서서히 뒤로 돌았다…….

아이고, 젠장! 나는 한걸음 뒤로 물러나다가 하마터면 내 발에 걸려 넘어질 뻔했다. 까치가 아니었다. 푸시넬카 슈누릴렌코가 서 있었다.

푸시넬카는 충격을 받은 표정으로 나를 빤히 봤다. 나도 놀라서 마주봤다. 그렇게 우리는 한동안 서로 봤고, 나는 미친놈처럼 욕을 퍼부은 후에 어떤 말을 해야 좋을지 고민했다. 그녀를 위해 지은 멋진 시의 단어들이 뭐였는지 떠올리려 했지만 다 날아가버리고 없었다.

텅 빈 머리.

둥둥 두방망이질하는 가슴.

입 다문 프랭키.

"나는…….", 그러다가 내가 입을 열었다.

"응?"

"나는…… 미안해. 나는…… 네가 까치인 줄 알았어."

푸시넬카에게 처음 한 말이 "네가 까치인 줄 알았어"라니, 맙소사!

푸시넬카는 우리 고양이들이 당황하면, 또는 무척 우습거나 아주 멍청한 소리를 들으면 늘 그러듯 고개를 살짝 기울였다.

"너, 무슨 일 있었어?" 푸시넬카가 물었다.

"나?"

푸시넬카는 그 순간 너무나 아름다웠다. 나는 내 꼴이 지금 그다지 좋지 않다는 사실을 완전히 잊고 있었다. 여러분, 그거 아는지? 누군가를 만나길 한없이 기다려왔는데, 만나도 하필이면 애꾸눈에 정신없이 다리를 절뚝이고 전등갓을 목에 두른 날에 만나다니. 이건 정말이지 부당하다.

"너구리를……." 내가 더듬더듬 말을 꺼냈다. "너구리랑…… 싸웠어."

"정말?"

"정말."

"프랭키, 너 진짜 용감하구나."

푸시넬카는 정말로 내 이름을 알고 있었다. 어디서 알았는지는 모른다. 아름다운 그 주둥이에서 내 이름이 계속 나오는 한 어떻게 알았는지는 상관없다.

푸시넬카는 그 사건을 아주 자세히 알고 싶어 했다. 이야기 전체를, 어떻게, 어디서, 왜 내가 너구리랑 싸우게 됐는지를. 그래서 나는 천천히 모두 이야기했다. 몇 가지는 꾸며내기도 했는데, 내 생각에는 누군가에게 기필코 깊은 인상을 주어야 하는데 하필 애꾸눈이고 목에 전등 갓을 두르고 있다면 그래도 될 것 같았다. 언젠가 여우가 과장은 거짓말이 아니라 완전한 진실이라고, 조금 알록달록할 뿐이라고 말한 적이 있다. 나는 푸시넬카에게 할리우드 이야기도 했다. 하지만 우습게도 그녀는 내가 이제 영화배우나 다름없다는 사실과 할리우드에는 전혀 관심이 없었다. 혹시 텔레비전이 없는 걸까? 우리는 큰길가에 나란히 앉아 이야기를 하며 주변 경치를 바라봤다. 여기 그녀 옆에 앉아 풍경을 구경하는 게 얼마나 좋은지 나는 말하고 싶었다. 풍경 때문이 아니라고, 풍경은 지극히 평범하다고, 풍경은 아무 관계도 없고 다른 이유가 있다고 꼭 말하고 싶었지만 하지 않았다. 뭐랄까, 말은 가끔 모든 것을 망가뜨리니까.

헤어질 때 푸시넬카가 말했다. "난 저 뒤쪽 빨간 집에 살아." 농담이겠지. 마치 자기가 어디 사는지 '내가' 모른다는 것처럼 말하잖아.

"혹시 언제 한번 들를래?"

그러고는 큰길을 따라 걸어갔다. 뒤돌아보지 않고 발걸음도 가볍게 걸었다. 나는 그 뒷모습을 바라봤다. 그 순간 내 머릿속에서 어떤 생각이 오갔는지 여러분에게 말하려면 며칠이 걸릴 수도 있다. 적어도 며칠. 하지만 들어도 별로 흥미롭지 않을지도 모른다. 지금 막 그런 상황에 처해 있을 때만, 그래서 감정이 배 속에서 퐁퐁 솟을 때만 흥미롭기 때문이다.

그러다가 나는 불쑥 달리기 시작했다. 최대한 빨리 달렸지만 여러분이 짐작하듯이 그다지 빠르지 못했다. 골드에게 이 모든 이야기를 꼭 하고 싶었다. 골드에게만 말하고 싶었다. 내 이야기가 그를 행복하게 만들 테니까. 버려진 집으로 재빨리 달려가는 동안 전등갓이 계속 내 머리를 때렸다. 아, 나는 정말 미친 듯이 달렸다. 내가 사랑에 빠져 용기를 냈다는 말이 그를 구한다거나 뭐 그러지는 못하더라도 그를 행복하게 만들 수는 있을 터였다. 그건 정말 확실했다. 그게 어쩌면 시작이 될지도 모른다. 약간의 행복이 시작되는 것이다.

17

나는 숲으로 들어갔다

버려진 집에 도착하고 보니 문이 닫혀 있었다. 유리창도 모두 닫혀 있어서 조금 이상했다. 큰 창문으로 집을 들여다봤다. 아무것도, 아무도 없었다. 골드 이름을 몇 번 불러봤다. 혹시 잠이 들었는지도 모르니까. 아니면 린다와 이야기하려고 공동묘지로 산책을 갔을 수도 있다. 늘 그렇듯이 낡은 차는 집 앞에 서 있었다.

나는 테라스에 앉아 기다리면서 꿈을 꾸었다. 대부분의 꿈이 허튼소리라는 건 알지만 이번 꿈은 내가 무척 즐겼다고 말하지 않을 수 없다. 꿈은 이랬다. 일단 나는 안

나에게 이야기를 했고, 그녀는 골드와 자살에 대해 이야기를 나누었다. 안나는 아주 진지하고 아주 큰 목소리로 그에게 말했다. 꿈에서 골드는 곧장 정신을 차렸고 얼마 지나지 않아 노래 한 곡을 휘파람으로 불었다. 그리고 또 뭐가 있더라? 푸시넬카 슈누릴렌코가 불현듯 우리랑 함께 살게 됐다. 안나 코마로바와 그녀의 가방도 우리랑 살았고, 우리는 저녁마다 함께 동물 영화를 봤다. 동물 영화가 골드의 마음에는 들지 않았지만 우리는 동물 두 마리에 수의사 한 명이니 소수인 그는 발언권이 없었다. 어느 날 푸시넬카가 말했다. "용감한 프랭키, 나 뭐 달라진 거 없어?" 처음에 나는 아무 말도 하지 않으려고 했다. 푸시넬카는 조금 뚱뚱해졌다. 소스 잔치를 너무 많이 먹었다. 아니! 프랭키 2세들 때문이었다! 얼마 지나지 않아 여섯 마리쯤 태어났다. 아무도 아기들을 빗물 통에 넣고 누르지 않았다. 골드는 아기들에게 멋진 이름을 붙여줬다. 프랭키 1, 프랭키 2, 프랭키 3, 프랭키 4 등등. 그 순간 나는 너무 흥분해서 안타깝게도 잠에서 깼고 꿈은 사라졌다. 다시 꿈을 찾아서 계속 꾸려고 했지만 그럴 수 없었다. 좋은 꿈이 일단 사라지면…… 아이고, 호주머니를 털린 느낌이다.

해 질 녘까지 골드를 기다렸다. 한밤중까지 기다렸다. 배가 고파 메뚜기 두어 마리를 잡아먹었다. 덤불에 누워, 태양이 호수 위로 다시 떠오를 때까지 기다렸다. 다음 날도 종일 기다렸다. 그러기 싫었지만 뭔가 일이 벌어졌다고 생각하게 됐다. 안 좋은 일이.

나는 친구들에게 갔고, 우리는 함께 하루 더 골드를 찾아봤다. 혹시 어딘가 매달려 있는 건 아닐까. 아는 동물마다 모두 물어봤다. 우리가 아는 동물은 무척 많았다. 아무도 그를 못 봤다고 했다. 그다음 날 나는 숲으로 들어가 나무들을 올려다봤다. 강으로 내려가 봤지만 강물만 조용히 철썩이고 있었다.

늘 그렇듯이 나뭇가지에 앉아 있는 올빼미에게 갔다.

그러고는 주둥이를 구슬프게 축 늘어뜨린 채 물었다.

"어이, 올빼미. 인간 한 명 봤어?"

올빼미: "누구 찾는 중이야?"

나: "응, '내' 인간."

올빼미: "여긴 아무도 안 왔는데."

나: "혹시 보면 알려줄래?"

올빼미: "그렇게 할게, 프랭키."

나: "올빼미, 넌 참 괜찮은 동물이야. 무척 우울해 보이지만 말이야. 하기야 그건 너도 어쩔 수 없지."

나는 찾고 또 찾았다. 내 친구들도 찾고 또 찾았다. 하지만 아무 소용 없었다. 아무도 그를 못 봤다고 했다. 그의 흔적조차 없었다.

나는 버려진 집 앞에서 계속 기다렸다. 문 옆의 나무 벤치에 그냥 누워 있었다. 세상에 방해받지 않고 여기 누워 있는 것 말고는 아무것도 하기 싫었다. 무슨 일이 벌어졌는지 당연히 알았다. 하지만 크게 소리 내어 말하지 않았다. 아무에게도, 심지어 나 자신에게조차. 울새가 너무나 아름답고도 구슬프게 울던 날 그저 가만히 소곤거리기만 했다.

새소리는 죽음을 슬퍼하는 노래처럼 들렸다.

어느 날엔가 교수가 와서, 추도사를 해줄 여우를 데려

올까 물었다. 나는 여우가 죽은 자에 대해 늘 그렇듯 현명하고 탁월한 온갖 단어들로 가득한 추도사를 하면 골드가 좋아할 거라고 생각했다. 어쩌면 하늘에서 웃음을 터뜨릴지도 모른다. 아니면 스스로 무척 중요한 인물이라고 느끼거나. 인간들은 자기 자신을 무척 중요하다고 느끼고, 본인이 죽으면 세상이 엄청난 손실을 겪는다고 생각한다. 하지만 세상은 그냥 계속된다. 세상은 관심도 없다. 늘 똑같은 모습이다. 어제도 그랬고, 내일도 모레도 똑같을 것이다. 세상이 평소와 그냥 똑같다는 사실에 나는 더욱 우울해졌다.

나는 여우가 오는 게 싫었다. 추도사가 싫었다. 집 앞 나무 벤치에 몸을 말고 머리를 앞발에 얹은 채 엎드려 있었다. 어두워지고, 다시 밝아졌다. 그것 말고는 아무 일도 없었다. 뒤영벌 떼가 내 엉덩이로 날아왔다고 해도 나는 아무 신경도 쓰지 않았을 것이다.

한동안, 그리고 더 오래 그런 상황이 지속됐다. 근육질 청설모는 나도 이제 우울증에 걸렸다고 말했다. 그러거나 말거나 나는 관심도 없었다.

18
사랑하는 프랭키에게

작은 자동차가 큰길을 따라 올라오는 소리가 들렸다. 차 문이 쾅 닫히는 소리, 정원 문이 삐걱 열리는 소리가 들리더니 안나 코마로바가 가방을 들고 나에게 다가왔다. 나는 만사가 귀찮아서 꼼짝도 하지 않고 벤치에 그대로 누워 있었다. 안나는 너무 늦게 왔다. 이미 너무 늦었다.

고양이 꼬리 몇 개 길이만큼 떨어진 곳에서 안나는 불현듯 멈춰 섰다. 그러고는 내가 마치 자기를 물기라도 할까 봐 걱정된다는 듯 무척 기묘한 표정으로 나를 빤히 봤다.

"안녕, 프랭키." 이렇게 인사하고는 여전히 가까이 다가오지 않았다. 나는 그녀가 풍기는 불안의 냄새를 맡았다. 지금 이게 무슨 뜻이지? 그리고 왜 나를 프랭키라고 부를까? '사랑스러운 코트'는 어떻게 된 거야?

안나는 한참 더 그렇게 서서 나를 빤히 보다가 말했다. "이런 질문을 하면 내가 정신 나간 것 같긴 한데, 그래도 물어봐야겠다. 프랭키, 내가 하는 말을 알아들어?" 안나가 반드시 알고 싶어 해서, 그리고 나는 이제 무슨 일이 벌어지든 아무 관심도 없었기 때문에 인간어로 대답했다. "맞아."

안나가 비명을 지르는 건 당연했다.

하지만 오래 지르지는 않았다는 말도 덧붙여야겠다. 안나는 꽤 차분한 편이었다. 본인이 수의사라서 동물에 대해 무척 많이 알고 있다거나 뭐 그런 식으로 생각했을 텐데 내가 갑자기 인간어를 하는 바람에 힘이 쭉 빠졌겠지만 어쨌든 차분했다.

"그가 나에게 말했어!" 안나가 소리쳤다. "그 정신 나간 남자가 나에게 말했다고!"

어느 정도 진정한 후에 안나는 조심스럽게 내 옆 벤치에 앉아 가방에서 종이를 한 장 꺼내 나에게 건넸다.

나: "이게 뭐야?"

안나: "편지야. 프랭키, 너에게 온 편지."

나: "난 읽지 못해."

안나: "내가 읽어줄까?"

나: "글쎄. 뭐라고 쓰여 있는데?"

안나: "리하르트가 보낸 편지야."

나: "리하르트가 누구지?"

안나: "골드라면 알겠어?"

그제야 나는 귀를 쫑긋 세웠다.

안나: "그냥 읽어줄게. 그런 후에…… 뭐, 상관없어. 일단 읽을게. 준비됐어?"

나는 고개를 끄덕이면서 야옹야옹 훌쩍였다. 내가 처음 받은 편지였고, 죽은 사람이 보낸 편지였다. 내가 저주받았다는 사실을 이제 여러분도 믿겠지?

사랑하는 프랭키,

여기 사람들이 내가 너에게 편지를 쓰고, 수고양이와 대
화를 나눈다는 걸 알게 된다면 아마 다시는 나를 내보
내주지 않을지도 몰라. 어쨌든 금세 내보내주지는 않겠
지……

그러니까 나는 지금 정신병원에 있어. 이곳이 어떤 모습
인지, 내가 여기서 뭘 하는지는 안나가 너에게 말해줄 거
야. 나를 이곳에 데려온 사람도 안나야. 이렇게 그냥 도망
쳐서 미안해. 어쩔 수 없었어. 안 그랬다면 아마 나는 나를
또 '해치웠을' 거야. 네가 나를 언제나 구할 수 있는 건 아
니니까.

내가 이 정도라도 할 수 있게 된 건 네 덕분이야. (안나
덕분이기도 하고.) 나는 죽으려고 그 집에 갔어. 그런데 네
가 갑자기 창문가에 앉아 있었지. 너는 나더러 기분이 어떠
냐고 한 번도 묻지 않았어. 정신 차리라고 말한 적도 없지.
내가 자기연민에 빠져 있을 때면 너는 그저 하품만 했어.
무슨 일이 벌어지는지 전혀 몰랐지. 너는 사람이 상상할 수

259

있는 최고의 기분 전환이었어. 가장 짜증 나고, 가장 무지하고, 가장 아름다운 기분 전환.

네가 자는데 나는 잠들지 못할 때면 이따금 내 코를 따뜻한 네 털에 대고 있었어. 너무나 큰 위로가 됐지. 거기다가 자기만족에 빠진 너의 코 고는 소리. 그래, 너는 코를 골아. 그런 네 모습을 보면서 나는 이런 생각을 했어. '일단 죽고 다시 태어나자. 수고양이로.' 정신병원에서 우리는 '행복한 순간'을 자주 상상하라는 말을 들어. 행복이 어떤 느낌인지 잊지 않기 위해서지. 그럴 때면 나는 우리가 함께 '할리우드'로 갔던 일을 떠올려. 아주, 아주 오랜만에 느낀 최고의 날이었으니까. 나는 네가 무진장 자랑스러워. 정신 나간 소스 잔치의 새 얼굴, 내 작은 삶의 의미.

너는 이렇게 말했지. "인생은 단순해. 그 어떤 멍청이라도 살아갈 수 있어." 하지만 나는 매일 일어나고, 계속 살아가는 일이 힘겨워. 너무나 피곤해. 내 분노 때문에, 영원한 고통 때문에. 난 이제 다시 가벼워지려고 해. 어느 날 아침 일어났는데 빛이 있기를 바라. 내가 그냥 단순하게 살아갈 수 있는 멍청이라면 좋겠어. 하루, 또 하루 살아남기만 하는 게 아니라 살아가는 멍청이.

내가 그렇게 할 수 있을지 모르겠어.

너는 일단 집에 그대로 살아. 안나가 너를 돌봐줄 거야. 안나에게 싹싹하게 굴어. 프랭키, 우리가 또 만날 수 있기를.

정말로 그러기를 바라.

너의 친구 골드

추신: 내 침대는 터부야!

안나 코마로바는 편지를 읽고 또 읽었다. 읽기를 마칠 때마다 내가 "다시 한번!"이라고 부탁했기 때문이다.

누군가 받을 수 있는 최고의 편지는 죽은 자, 그런데 사실은 죽지 않은 자에게서 온 편지라고 나는 여러분에게 확실하게 말할 수 있다. 제발 믿어주길.

나는 엄청난 혼란에 빠졌다. 골드가 살아 있어서 극도로 행복했다. 여러분이 더 자세히 알고 싶다면 말하겠는데, 너무 행복해서 하마터면 내 꼬리를 깨물 뻔했다. 하지만 골드가 떠나서 극도로 구슬프기도 했다. 이렇게 감정과 온갖 것이 심하게 뒤죽박죽되면 나는 일단 다리 사이를 핥는다. 여러분도 분명히 알 것이다. 뭔가 해야 할 때 그루밍만큼 마음을 진정시키는 일도 없기 때문이다.

안나는 정신병원에 대해 나에게 이야기하고 전화기에서 병원 사진을 보여줬다. 오래된 큰 집이 보였다. 숲속에 있는 그 집 뒤편에는 호수가 있었다.

그곳이 정신병원이었다. 안나는 정신병원에 들어간 사람들이 무엇보다도 이야기를 많이 나눈다고 이야기했다. 둥글게 모여앉아 자기 문제에 대해 하루 종일 말한다는 거였다. 그러고는 '심리치료사'라는 사람이 "모임에서 생각을 나누니 기분이 어떤가요?"라고 항상 묻는다고 했다. 이따금 다들 숲을 달리거나 그림을 그리거나 밀짚으로 새를 만들거나 바닥에 누워 미친 듯이 호흡을 한다고도 했다. 흐음, 잘 모르겠다. 우울한 사람들이 잔뜩 모여 자기가 얼마나 우울한지 한없이 이야기하다니, 나라면 엄청나게 우울해질 것 같다. 하지만 골드는 우울해지지 않기를, 그리고 다른 사람들에게 감염되거나 뭐 그러지 않기를 바란다. 그곳 사람들이 그를 도와줄 수 있기를, 그가 소스를 포함해 맛있는 식사를 받기를, 밤에는 텔레비전에서 뚱뚱한 남자들이 둥근 과녁에 화살을 던지는 모습을 볼 수 있기를 바란다.

"이제 우리 뭘 하지?" 집 앞 나무 벤치에 한동안 그대로 앉아 있다가 내가 물었다. 안나는 손으로 내 털을 쓰다듬었다.

"프랭키, 나도 몰라."

"참 이상하다." 내가 말했다. "누군가 방금 떠났는데도 벌써 보고 싶어. 이상하지."

"그래, 나도 그가 그리워."

"골드가 다시 올까?"

"그러길 바라."

"내 생각에는 올 것 같아. 나 없이 그가 뭘 하겠어? 골드 혼자서는 이 세상에서 살아가지 못해."

"그래, 맞아. 그에게 너는 작은 삶의 의미야."

"정확해. 이제 배가 조금 고프네. 당신은 어때?"

"무진장 고파." 안나가 대답했다.

나는 정말이지 안나가 점점 더 좋아졌다.

안나가 버려진 집의 문을 열었다. 그때 불현듯 이 집에 새 이름이 필요하다는 생각이 들었다. 골드의 집, 프랭키의 집. 또는 '생명이 가득한 집' 아니면 그냥 간단하게 우리 집.

정말 고민을 해봐야겠다. 하지만 오늘은 아니다. 정신없는 나날을 보낸 후라서 한없이 피곤했다. 나는 사료를 먹고, 내 머리로 안나의 머리를 툭 건드려 고마움을 표현한 다음 계단을 올라갔다. 그러고는 그의 침대에 누웠다. 골드의 냄새가 풍겨왔다. 아, 내 좋은 친구 골드. 근데 혹시 여러분 중 '터부'가 뭔지 아는 사람 있어?

19
마지막 말

자, 이제 끝났다. 일단은 여러분에게 들려줄 이야기가
더는 없다. 모든 이야기에는 끝이 있어야 한다는 말을 들
었다. 그러니 인간들에게 항의하라. 끝이 있어야 한다는
건 내 아이디어가 아니니까.

물론 내가 안나와 함께 할리우드에 가서 소스 잔치 광
고를 찍었다는 이야기를 할 수도 있다. 여러분, 텔레비전
가지고 있나? 그러면 한번 켜보라. 영상을 본 교수와 근
육질 청설모는 내가 사료 그릇의 사료를 먹는 수고양이
역할을 기막히게 잘해냈다고 말했다.

하지만, 할리우드가 무척 좋기는 해도 최고는 아니었다. 최고는 내가 푸시넬카 슈누릴렌코 집에 들렀다는 사실이다. 여러분, 그거 알아? 푸시넬카는 아름답기만 한 게 아니라 현명하다. 나를 완전히 지치게 했다. 암고양이들은 누군가를 지치게 만드는데, 이게 늘 좋은 건지는 모르겠다. 하지만 어쨌든 굉장한 일이긴 하다.

한번은 린다 무덤에 가서 골드가 지금 정신병원에 있다고 알려줬다. 골드가 당신을 엄청나게 사랑한다고, 당신은 하늘에서 할 일이 있으니 내가 그를 돌보겠다고 말했다. 린다가 내 말을 들었는지는 모르겠다.

나는 큰길을 따라 자주 걷는다. 이따금 멀리서 구슬픈 목욕가운을 입고 낡은 모자를 쓴 남자가 저편에서 마주 오는 꿈을 꾼다. 나는 그에게 당장 쏜살같이 달려가려고 한다! 그러나 꿈이 갑자기 꺼지고, 나는 무진장 실망하여 저주받은 것처럼 느낀다.

흐음, 이게 삶의 순환이겠지. 안 그런가? 행운을 좀 찾아다니고, 행운을 좀 발견하고, 다시 잃어버린다. 그러고는 모든 것이 다시 처음부터 시작되고, 기타 등등. 하지만 불평할 마음은 없다. 나는 프랭키다. 여러분은 나에게서 삶에 대한 그 어떤 나쁜 말도 듣지 못할 것이다.

정말 그렇다.

프랭키

초판 1쇄 2024년 1월 30일
초판 3쇄 2024년 3월 18일

지은이 | 요헨 구치 · 막심 레오
옮긴이 | 전은경

발행인 | 문태진
본부장 | 서금선
책임편집 | 이준환   편집 3팀 | 허문선

기획편집팀 | 한성수 임은선 임선아 최지인 송은하 송현경 이은지 유진영 장서원 원지연
마케팅팀 | 김동준 이재성 박병국 문무현 김윤희 김은지 이지현 조용환 전지혜
디자인팀 | 김현철 손성규   저작권팀 | 정선주
경영지원팀 | 노강희 윤현성 정헌준 조샘 서희은 조희연 김기현
강연팀 | 장진항 조은빛 신유리 김수연

펴낸곳 | ㈜인플루엔셜
출판신고 | 2012년 5월 18일 제300-2012-1043호
주소 | (06619) 서울특별시 서초구 서초대로 398 BnK디지털타워 11층
전화 | 02)720-1034(기획편집) 02)720-1024(마케팅) 02)720-1042(강연섭외)
팩스 | 02)720-1043   전자우편 | books@influential.co.kr
홈페이지 | www.influential.co.kr

한국어판 출판권 ⓒ ㈜인플루엔셜, 2024

ISBN 979-11-6834-164-7 (03850)